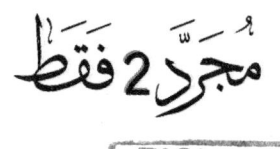

مُجرّد 2 فقط

الملهاة الفلسطينية

IBRAHIM NASRALLAH. JUST THE 2 OF US

إبراهيم نصر الله

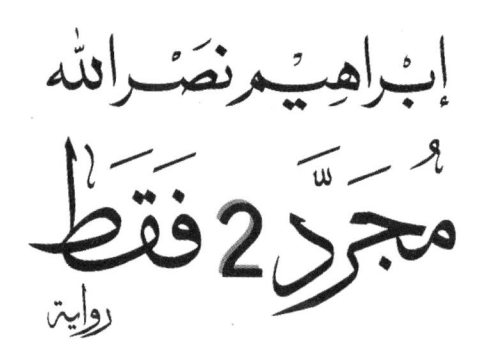

مجرد 2 فقط

رواية

نحن ننسى لنعيش، لكننا لا ننسى تمامًا، كي لا نموت!

الدار العربية للعلوم ناشرون ش.م.ل
Arab Scientific Publishers, Inc. S.A.L

بِسْمِ اللَّهِ الرَّحْمَنِ الرَّحِيمِ

الطبعة الثالثة

1435 هـ – 2014 م

ردمك: 978-614-01-1174-5

الدار العربية للعلوم ناشرون ش.م.ل
Arab Scientific Publishers, Inc. SAL

عين التينة، شارع المفتي توفيق خالد، بناية الريم
هاتف: 786233 – 785108 – 785107 (1-961+)
ص.ب: 13-5574 شوران – بيروت 1102-2050 – لبنان
فاكس: 786230 (1-961+) – البريد الإلكتروني: bachar@asp.com.lb
الموقع على شبكة الإنترنت: http://www.asp.com.lb

صدرت هذه الرواية باللغات: الإيطالية، الإنجليزية، التركية،
تحت عنوان: داخل الليل.

لوحة الغلاف: الفنان عصام طنطاوي
تصميم الغلاف: الفنان محمد نصر الله

الطباعة: **مطابـع الدار العربيـة للعلـوم**، بـيروت – هاتف 786233 (1-961+)

أسامينا!
شو تعبوا أهالينا تلاقوها
وشو افتكروا فينا
الأسامي كلام.. شو خصّ الكلام؟
عِنَينا هنِّ أسامينا

من أغاني فيروز، شعر جوزيف حرب

عام 1992 صدرت الطبعة الأولى من رواية (مجرد 2 فقط) حينما كنت أعمل على التحضير لكتابة رواية طويلة عن فلسطين، إذ لم يكن مشروع (الملهاة الفلسطينية) قد تبلور. والآن: (2013)، يطلُّ السؤال الذي بحث عن إجابة له منذ وقت طويل! لماذا لم يتمّ ضمّ هذه الرواية لمشروع الملهاة فيما بعد؟!

لا أنكر أنني فكرت بهذا في عام 2000، حين نُشِر العملان الأولان من الملهاة، ولكن المشكلة التي واجهتني والناشر، أن الطبعة الثانية من (مجرد 2 فقط) كانت قد نُشرت مستقلة قبل عام، ولم تكن نُسخُها قد نفدت. ويوما بعد يوم، تبيّن لي أنّ المساحة الواسعة التي تغطيها (مجرد 2 فقط)، وبالذات، فيما يتعلّق بالمذابح التي تعرّض لها الفلسطينيّون، لم توجد بهذه الكثافة في أي من روايات الملهاة، كما أن العودة للكتابة عن موضوع المذبحة بهذا الاتساع، ليس واردًا.

لقد حاولتُ، بتردّد أيضًا، معرفة آراء بعض الأصدقاء والقراء الذين يعرفون هذه الرواية جيدًا، وكانت المفاجأة أنهم أجمعوا على ضرورة ضمّها إلى مشروع الملهاة الفلسطينية، بل وضمّ (الأمواج البريّة) الذي وِلد من رحم الانتفاضة الأولى، كذلك!

اليوم، تنضمُّ (مجرد 2 فقط) إلى الروايات السَّبع الأخرى، الصادرة حتى الآن، ضمن مشروع الملهاة الفلسطينية؛ وهي رواية أعتزّ بأنها حظيت باهتمام نقديّ كبير وبثلاث ترجمات حتى اليوم؛ وكلّي أمل أن يجد فيها القارئ، الذي لم يقرأْها بعد، استكمالًا لا بدّ منه، يضيء جوانب أخرى من المسيرة الإنسانية لروح فلسطين.

إ. ن

لم يكن هناك أحدٌ حين وصلنا، أنا والآخر. لم يكن هناك أحد ينتظرنا حين وصلنا؛ ولم يكن هناك أحدٌ ينتظر أحدًا حين وصل الجميع!

كنا سنحتفل، أما الآخرون، فلا. كانت الحفلة خلفَهم، وكانوا هاربين من موت ما، سمعنا عنه، رأيناه، لكننا لم نعرفه الآن؛ عرفناه دائمًا. هم، هم عرفوه الآن أكثر منا، لأن كثيرين منهم ماتوا؛ أما نحن فلم يمُتْ منا أحد هذه المرّة.

نساء وأطفال لا أكثر، ولم يكن ثمة رجال.

.. كانت جوازاتُ سفرهم في أيديهم، مغبّرة من دروب الصحراء، ومسودّة من سُحُبِ النفط المشتعلة! وكانوا يتلفّتونَ خلفهم برعب.

الأطفال بعيونهم الواسعة، بعيونهم التي اتَّسعتْ، انشغلوا بالحقائب التي تدور على حزام النّقل في المطار، وفرحوا. لم أُصدِّق أننا نستطيع النسيان إلى هذا الحدّ، قلتُ: معجزة! ولم تصل البراءة بأحدهم أن يصرخ: أريدُ أبي!

غبارٌ رمليٌّ مطفأ يتزاحم في مساماتهم، وآثار مبيتٍ في العراء تقصف ملامحَهم، وتبدّدُ أعمارهم الحقيقية؛ ولكنهم انشغلوا، يشدُّون الحقائب من آذانها!

***

الأستاذُ، لم يكن يفعل ذلك؛ كان يضعُ حَصْوَةً صغيرةً تحت شحْمة

9

أذننا، ثم يضغط! يضع قلمًا بين الأصابع، ثم يضغط! يُمسكنا من جماجمنا ثم يضغط!

قلتُ للآخر: كيف كبرنا مع كلّ هذا الضغط؟ وكيف أصبحتُ طويلًا؟!

قال: لا أدري! أنتَ الطويل، إذًا أنتَ الذي عليه أن يجيب. ولم أُجب.

***

وقعت الحقائبُ، تكوَّمتْ إلى جانبَي الحزام؛ الحزام الذي واصل دورانه. لم يَشْكُ أحد، حتى أنا والآخر. النساء راقبن أطفالهنَّ، أطفال غيرهنّ، وربما راقبننا أنا والآخر؛ ولم تكن فيهن قوة ليسألن: من أين هذان اللذان لا يُجلّل وجهيهما الرّمل؟! وكنَّ مجللات بالسّواد.

قلت للآخر: من أين يأتي السّواد؟!

قال: اخلط الألوانَ كلّها في وعاء واحد، يكون السّواد!

***

أرتفع عمودُ الدّخان عاليًا، وحين انقشع لم يكن هنالكَ بيت، كان الفحم! القذيفةُ صحَتْ مبكرة، صَفَّرتْ في قوس مسارها المارِّ من تحتِ عنق الفجر، الفجر المُوزَّع في الغباش، الفجر الذي يحاول استلال لونه من حلكة الساعة الأخيرة من الليل، ليضيء يومًا، كان مؤهلًا منذ أسابيع لهذا الانفجار.

أبي قال: قنبلة فسفورية!

ولم أسأله: كيف عرفتَ؟

كان البيت المجاور قد أصبح فحمًا، ولم تكن هناك فسحة للأسئلة، حين شدَّ أبي الصغار وأميَ من تحت أغطيتهم، ورحنا نتجمّع في الغرفة الثانية، الغرفة التي يحمي واجهتها المطبخ.

سقطتْ القذيفة التالية. كنا على خطِّ النار؛ ورحنا نشدّ أيدي

بعضنا بعضا، وتزاحمنا في حلْقِ الباب.

***

لم يكن هناك أحد في الصالة الضيّقة، التي لم تكن أكثرَ من غرفٍ تؤدي إلى غرف، إلى لونٍ صحراوي لامع مُتَّسخ، وإلى سقوف ذات مراوحَ عملاقة تجرش الكميَّة القليلة من الهواء التي كانت هناك.

ولم يكن هناك أحد في انتظارنا.

قالوا لنا: أنتما مدعوّان.

وتأخّرت الدعوةُ، لكنّها وصلتْ، ولم يصل أيّ منهم ليكون في استقبالنا.

اندفع الطابور طويلًا، طابورٌ من نساء بين أرجلهن يمور عشراتُ الأطفال، كلّهم في عمر واحد، كأنهم (فعلوها) كلّهم في ليلة واحدة!

- لِمَ لا! قلت للآخر، ألا يموتونَ عادةً في ليلة واحدة؟!

كان هناك رجال، بقامات عالية وأخرى منحنية، شعور ذقونهم نافرة. حدّقنا في وجوههم جيدًا، وتكاثروا في المطار. حدّقوا في وجوهنا، ولم نعرف أحدًا، لم يعرفونا، كانوا موظفين، مجرّد موظفين.

امتدّ الطابور أكثر، وامتدّت يدي عبرَ كوّة الجدار الزّجاجي لموظف المطار ببزته العسكرية. وعندما قلتُ للموظف المسؤول، الموظف الذي يضع الختمَ هناك في الجواز: أيها الأخ -كان شابًا، ولا يبدو عليه النّزق-. أيها الأخ، نحن مدعوّان!

اعتقدتُ: سأُربكه بالدّعوة، بتقليب الصفحة، كتاب الدّعوة الحافل بالألوان!

قلتُ للآخر: أخشى اختلاطها!

- ما هي التي تخشى اختلاطها؟!

- الألوان، الألوان الموجودة في كتاب الدّعوة!

وكان الموظف يقرأ، دون أن يَظهر على ملامحه أيّ تعبير.

رفع رأسه ببطء.. سأل: أنتما مدعوّان؟

قلت: نعم، أنا، أنا والآخر! وأشرتُ إلى الآخر.

- من دعاكما؟

قلت: اللجنة، لجنة الاحتفال، هذا واضح.

قال: لمْ أسمع باللجنة، ولا بالاحتفال! وناولني كتاب الدّعوة.

وراح يُقَلِّبُ صفحاتِ الجواز بحثًا عن ورقة بيضاء يُلقي فيها الختْم، وناولني الجواز دون أن يلتفتَ إليّ، فزجَّ الآخرُ جواز سفرهِ عبرَ الكوّة!

لم يتأكّد الموظف، إن كان الجواز جوازَهُ فعلًا، كان يبحث عن صفحة بيضاء ليلقي فيها الختم، ووجدها.

حين ابتعدنا صاح الموظف: اسألوا الآخرين.

ولم يكن هناك أحدٌ يجيب.

***

حتى بعد توجيه استغاثات بلغةٍ عربيةٍ سليمةٍ، لم يكن هناكَ أحدٌ يجيب، كانت القذائفُ تزداد اندفاعًا وكثافة، والألوانُ تختلط أكثر فأكثر!

أمي قالت: يجبُ إنزال الغسيل عن السّطح.

فقال أبي: الآن تفكرين في الغسيل؟!

قالت: الغسيل سيجعلهم يقصفونَ البيت!

قال: سيقصفونَ البيت بالغسيل أو دونه، إنها حرب!

قالت: ليستْ حربًا، إنهم يقتلون الناس فقط، وبعد قليل يملّون، حتى الجنود يملّون، عند ذلك سيقصفون حبل الغسيل!

ولم يكن أحد يجيب: "يا جماهير شعبنا العربي، إن المذبحة التي تُرتكَبُ اليوم..."

وكان المخيم، سطوح المخيم، ساحاته، وأزقّته: ساحة للرّماية،

ورياح البارود تهبّ من كلّ الجهات.

وعندما اهتزّ الملجأ بمن فيه قلنا: هاوتزر.

وقال الرجل ذو الأبناء، وهو يشدّ أولادَهُ إليه ويداري خوفه عليهم: ثلاثة أيام كافية لتحويل الجميع إلى خبراء أسلحة!

***

ولم نكن خبيرين بالسّفر، لأننا نسيناه، حين أقفلوا البلدَ علينا، ولكنهم أشرعوه فجأة، كما أقفلوه فجأةً..

وقالوا: اشبعوا سفرًا!

سألني: أكانَ علينا أن نُسافر فعلًا؟!

وقلت: كنا نحتاج إلى معجزة، معجزة ثامنة، بل تاسعة. لأننا نحن الثامنة! معجزة فقط، و (الإنجاز العظيم) معجزة! من حقّنا أن نرى معجزة واحدة غير منقوعة بالدّم تتحقّق!

وهتفتُ مبتهجًا: أخيرًا سنحتفل! ونستلُّ لونَنا من هذا السّواد!

وامتدتْ يدي، بحثتُ عن كتاب الدّعوة، لم تختلط ألوانُه بعدُ!

قلتُ: حشوتَني بالهواجس!

سأل: أيّ هواجس؟

قلتُ: هواجس الألوان.

وكانت الثياب السّوداء تحفُّ بنا في كل الجهات.

توقّفنا عند رجل طويل، وسألناه، حدّق في الكتاب، وهزَّ رأسه بالنّفي، وعاد يحدّق في الوجوه.

قلتُ: ربما ينتظرُ أحدًا!

قال الآخر: إنه يراقب، يراقب ولا ينتظر، أنظر إلى خصْره هناك!

***

أبي اشترى مسدسًا، لكنه لم يكن يضعه هناك عند خصره، مسدس (بريتّا). لم أعرف مَن ذاك الذي زرعَ فيه أسطورة البريتا هذه! وحين

عرض التلفزيون مسلسلَ (بَريتّا) تذكّرتُ المسدسَ، ولم يكن أبي هناك ليتابع المسلسل، كي يتذكرَ المسدس! المسدس الذي أخرجه حين هبَّتْ رياحُ مدافع الهاوتزر، حين أخذتْ البيوتُ تختفي، في ظاهرة غريبة، مُخَلِّفَةً وراءها حُفرًا بحجمها!

أمي قالت: الطائرات كانت تتابعنا وتُلقي (الكيازين)، براميل كبيرة ممتلئة بالنفط! فتختفي البساتين! بعيني هاتين، عيني اللتين سيأكلهما الدّود، رأيت كرومًا من الزيتون تختفي في لحظة، وتتحوّل إلى فحم. كنتُ صغيرة نعم، ولكن من قال إن عيون الصغار أقلُّ اتساعًا من عيون الكبار؟

صمتتْ.

ثم قالت لأبي: أنظر إلى عيونِ أولادك إنها أكثرُ أتساعًا من عينيك.

ولم يقل أبي: إنها الحرب.

أبي الذي مالَ قلبه إلى مسدس البريتّا، فاشتراه، وأحبه أكثر من كل أسلحة التّنظيم! وربما أكثرَ من أُمي في الأيام التي أعقَبتْ شراءه له!

***

اندفعتْ الأمهاتُ عبرَ البوابات، ولم يكن هناكَ أحد بانتظارهنّ. جمعنَ أطفالهنَّ في أطراف أثوابهن السوداء الطويلة، توقَّفن على الرصيف للتأكّد من وجود الأولاد كلّهم، ودون أن يلتفتنَ،قطعنَ الشارع! كان الخطرُ خلفهنّ.

***

وعبثًا ذهبتْ محاولتي لتوضيح الأمر للمرأةِ التي كنت أقفُ خلْفها في ذلك اليوم القريب!

قلتُ لها: إن الشرطيَّ دفعني.

وقالت: قِلَّة أدب، الناس في إيش وأنت في إيش!!

وقال الآخرُ: فضحتَنا! وابتعد قبل أن تصلَ إليه طراطيش من

كلام المرأة، إذا ما تأكّدتْ أنه معي! وابتسَم.

وقالت المرأة: هذا لا يليق برجل في سنِّك!

فقلتُ لها: يا أُختي...

ولم تتركْني أُكمل.

قالت: أنتَ لا تفعل ذلكَ مع أُختك!

وارتفع صوتُ شاب في مُكبر الصّوت. كان يهتفُ فتهتزُّ الشوارع، ولم أكن أهتف. فلم تكن الحرب قد بدأتْ؛ وكنتُ أسير فباغتتْني حنجرتي، وسمعتُ نفسي أردِّدُ خلفَهُ! فوجئتُ بأنني أملكُ هذا الصوت! ولكنني حين أُنصتُّ إلى الأصوات الأخرى، محاولا عزْلَ كلٍّ منها عن الآخر، وأنا أُحدِّق في وجه ورقبة وعروق أحدهم، اكتشفتُ القوةَ السِّحرية المذهلة السّاكنة، هنا، في حناجرنا!

وحين نظرتُ إلى المرأة ثانية، نظرةً خاطفة، هُيِئ لي أنها مبسوطة مني، وأنها نسيتْ سوء التفاهم المُتعلِّق بقفاها!

وتلاطمت الجموع بدخول موجة جديدة من البشر إلى جسد المسيرة من شارع جانبي.

***

قالت لي: لن أذهب.

وحاولتُ أن أُوضِّح لها أنها المرّة الأولى التي أُشارك فيها بمظاهرة.

قالت: اذهب، قد تكون المظاهرة هي الوصْفَةُ التي لم يدلّك عليها أحد، الوصفةُ المناسِبَةُ لحالتك!!

فهمتُ، فخرجتُ صامتًا!

تبعتْني. قالت: آسفة!

وحاولتْ أن تقتربَ، فُخيّل إليَّ أنها أطول منّي. شغلتْني المسألةُ! تأكدتُ، صرختُ: أين ذهبتْ قامتي؟!

قالت: لا تتوهَّم!

خرجتُ مسرعًا، وبدأتُ أقيس قامتي بقامة كلِّ من يُحاذيني، حتى دون أن أعرفه، ودون أن يشعر!

وقالت المرأة لي: قِلَّة أدب!

ثم نسيتُ، وهيئ إليَّ أنها مبسوطة منّي!

فانطلقتُ بصوتي إلى طبقات لم يَصلْها حتى يومَ مولدي، ودفعتْني الجموع، فَمُجْتُ، كما ماج غيري، واختفى الشارع!

***

وكنَّ يقطعنَ الشارع، دون أن يلتفتن، كان الموتُ خلفهنَّ، ولم يكن سيأتي من الجانبين! من سمعَ بسائق دهسَ ركابَ طائرةٍ بوينغ 727 بكاملهم، دفعةً واحدة؟!

كانت إحداهنَّ قد كشفتْ عن قطعة من صدرها، صدرها المُتْعَب، عن جلدها المتموّج بالشقوق الصغيرة، كشفتْ عن شقاء عمرها كلّه، وحَمَدَت الله! فهمتْها النسوةُ اللواتي حولها. وفهمتُها. وقلتُ سيفهمها الأطفال، لكن ليس الآن، الآن عيونهم واسعة فقط، وحَمَدَت اللهَ ثانيةً، ولم يستغرب أحد، حتى موظف المطار، الموظف الوحيد، هناك، خلف النافذة الزّجاجية، فهمَها، وفهمَها الآخر!

وانفعلتْ أخرى، كانت صبيّة، بستة أطفال، حمدت الله دونَ أن تكشفَ عن صدرها! وقالت: الحمد لك لأنك لم تجعل قلوبَ القتلةِ أقسى من ذلك، وإلا لقتلوا الأطفال أيضًا!

***

وقالت لي أمي فيما بعد: إنها كانت مضطرّة أن تُقَسِّي قَلْبَها، وأنها كانت تحاول تذكّرَ أقوى صخرةٍ رأتْها في حياتها، أكبر صخرة؛ اختارتْها من الصّوان، لتقولَ لقلبها: كنْ مثلها، حين كانت تمرُّ أمام الشهداء والوجوه التي شوَّهتها القنابل الفسفورية!

وقالت: كنتُ أريدكم أن تتماسكوا، من أجلي ربما، من أجلكم، لو

انفرط واحد منكم بكاءً لقتلتُهُ أنا! وتصمتُ: مَن تلك التي تستطيع قَتْلَ ابنها؟! لا لم أكن سأقتُله، ولكنني لم أكن أحتمل!

***

ولم يكن ثم رجال، سوانا، أنا والآخر.

قلتُ له: لم يحدُثْ أن طرتُ مع مثل هذا العدد من الأطفال؛ هذا العدد يمكن أن تراه في مدرسة، وليس في طائرة! ولم أكن أعرف، أن الطائرة التي تأخّرت هي طائرة بوينغ 727، وإلّا لقلتُ له: لم يحدث أن طرتُ مع مثل هذا العدد من الأطفال، هذا العدد يمكن أن تراه في مدرسةٍ وليس في طائرة بوينغ 727.

وقلتُ له: إذا بكوا دفعة واحدة، سيخترقونَ حاجزَ الصّوت، وتتفتتُ الطائرة في الجو.

فقال لي: لن أبتسم! وابتسم.

وفي النهاية، تأكّد لي أنهم أطفال مثاليون، حين قالتْ واحدة من أمهاتهم: ليلتان في المطار مع كلِّ هؤلاء الصغار، والله لو أننا أمريكان، ما فعلوا ذلك بنا!

ولم يلتفتْ إليها الأطفال رغم عيونهم الواسعة، كان الرّعب خلفَهم. الرّعب الذي استلَّ آباءَهم من بينهم لساحات الإعدام.

قلتُ: أطفال هادئون نسبيًا، مع أنهم محبوسون في قاعة الترانزيت منذ يومين!

وقلتُ: ربما كانوا فرحين بالمقاعد، المقاعد الطويلة، الخضراء، التي تطلُّ على العالم في حالتَي الإقلاع والهبوط وما بينهما!

***

حين أمسكني عمّي من يدي، وأخذني إلى السينما، وغضب يومها أبي، لأن السينما قِلّةُ حياء! حين دخلْنا هناك. حين خرجْنا، وسألني: هل أعجبكَ الفيلم؟

قلت: أعجبتني الكراسي، يا الله ما أكثرها!

وحين قلتُ لأمي: لماذا لا يشتري لنا أبي كراسي؟!

نقلتْ سؤالي إلى أبي، فقال: أأبيعُ حالي لأشتري له كراسي؟!

وعندما قال عمّي ثانية: سآخذه إلى السينما!

عندما تجرأ على ذلك.

قال أبي: خُذْه.

ورحتُ أتقافز محاولًا الجلوسَ عليها كلّها! فعلتُها قبل دخول الجمهور.

وقلتُ لعمّي: لماذا لا يشتري لنا أبي كراسي من السينما، فهي كثيرة، والناس قليلون؟!

قال: كراسي السينما ليست للبيع!

وقلت: طيِّبْ، لماذا ينفخُ الرجلُ في فمِ البنت في الفيلم؟!

- لأنه يحبها.

وصمتَ قليلًا، ثم قال: إنسَ حكايةَ النَّفخ هذه، إنسَها تمامًا، هذه ستبقى بيني وبينك، مفهوم؟!

قلتُ: مفهوم!

***

ولم أقل للآخر: من أين يأتي هذا الرّخام الذي يغطي أرضيات المطار؟! الرخام الذي يشبه المرايا. ولستُ أدري، إن كان أحد الأطفال قد طالبَ أُمه برخامةٍ باعتبارها مرآة!

كانوا هادئين، كأنهم بلا حناجر وهم يصعدون السُّلّم!

قلت: ربما ما زالوا خائفين حتى الآن.

وقال المُضيف: هذا ممنوع.

وكان يوجِّه الكلامَ للآخر؛ كنتُ خلْفَهُ. قلتُ: إذا دفعني أحد واصطدمتُ به، لن يلتفتَ ليقولَ لي: قِلّة أدب!

وكان ازدحام خلْفي.

ورَدّدَ المُضيف: هذا ممنوع، يعني ممنوع!

فناولتُه الزّجاجتين اللتين معي، دون أن أناقشه كالآخر.

الآخر قالَ: نحن مدعوّان، وقد اشتريتهما من السّوق الحرّة!

فردَّ المضيف: ولكنك لستَ حرًا في حَمْلِهما معك!

وكان يستعيذ بالله محاولًا أن يُقنعَ الآخر، أنه سيفقدُ صبره! أما المُضيفةُ فكانت تبتسم، من تحت لتحت!

وأكد المضيف: سيعيدونك إذ رأوه في المطار معك، أو ربما يحبسونك!

قال الآخر: أنا لا أريد أن أُحبَس!

وقلتُ: ولا أنا أيضًا.

ورأينا أنفسنا متفقَين!

قال المضيف: أفسِحوا الطريق للركاب.

وكان الأطفال يحاولون معرفةَ الذي يجري، وهم يزجّون رؤوسهم في أية فسحة تؤدّي إلى اكتشاف سبب الخلاف!

- اِجلسا! في نهاية الرحلة، يكون خير!

ووصلنا، ولم يكن هناك خير!

- أَمسَكَنا المضيفُ من نقطةِ ضعفِنا! قلتُ للآخر.

- ومن يستطيع أن ينبس ببنت شفة، بصوت عال في مسألة كهذه؟!

فقلت: ولا بابن شفة!!

قال الآخر: ماذا تعني؟

قلت: ولا حتّى بحرف!!

وحاولَ أن يبتسم، فخرجتْ ابتسامته باهتة! وحاولتُ، فلم أجد شفتيَّ!

***

كانت مستغرقةً تمامًا في عملية نهشها لشفتيَّ.

قلتُ: لم يبقَ سوى أن أُقطِّع نفسي لأطعمكم!

ولم يُفَوِّتوا الفرصة، اندفعوا بأسنانهم البيضاء، والصفراء، القوية والمخلخلة، السليمة والمسوِّسة، وتلك التي لم تنبُتْ بعد، وكانوا مبهورين بمذاق لحمي!

أحدهم قال: كان يجب أن نأكله منذ زمن!

وقال آخر: لا، كنّا سنموت جوعًا!

قلت: لعلّهم انتظروا طويلًا كي أسمن، وعندما فقدوا الأمل أكلوني!

وكنتُ أُراقِبُ أعضائي تختفي في داخلهم.

وحده (نُعْمان) لم يأكلْ!

قال: الأبُ لا يؤكَل!

قلتُ: لم تزل الدنيا بخير!

وقالت له: ستموتُ جوعًا!

وسحبتْ يدها الممدودة إليه بقطعة مني وصرختْ فيه: ستبقى مثله! ولم يحتج!

في آخر الليل أطلَّ برأسه عبر حُلُمي وقال: قَبِلْتُ أن أكون مثلكَ لأنك أحسن منهم، ولكنني لن أبقى مثلكَ إلى الأَبد، مفهوم؟!

قلت: مفهوم!

وكنتُ أُكملُ كابوسًا كانت بطلته هي. فحمدتُ الله أنني لم أُنْجِبْ!

***

كنت أعددتُها كمفاجأة لأُمي، مفاجأة لم أتوقعْها أنا نفسي! أنا الذي تطوَّعتُ للمشاركة في واحدة من الحروب البعيدة هناك!

أوقفتُها خارجَ البيت ودخلتُ. عانقتْني أمي، وقالت: والله اكبرِت! وكنت غادرتُها كبيرًا وسألتْ: كيف أبوك؟!

فقلتُ: ببوْسِك من هِين، ومن هِين! وأشرتُ إلى خديها، فاشتعلا!

وقلتُ لها: معي مفاجأة.

هتفتْ: ما هي؟!

قلتُ: انتظري.

انتظرتْ، خرجتُ، ثم عدتُ، ولم أكن وحدي!

قالت أُمي وقد استنفرتْ كل حواسِّها دفعةً واحدة: شو! جايب صاحبتك معاك؟!

قلت: لا. زوجتي!

فانهالتْ عليها تقبيلًا، حتى نسيتْني، ثم فطنتْ أنني موجود، وأنني العائد من الحرب الذي كانت تتوقّع أن يُعفِّن في العزوبية، فزغردتْ، وقالت: والله غاب وجاب!!

وسألتني: ولَكْ كنت بتحارب وإلّا كنت بتحِب؟!

ولم تكن تريد إجابةً. ظلّت تُزغرد.

وسألَتْها: حبلى وإلّا لِسَّه يا خالتي؟!

فحاولتُ أن أشرح لها أننا تزوجنا منذ أيام، أيام فقط! فأدخلتْنا إلى الغرفة، الغرفة الكبيرة. وقالت: يالّلا، خلْفوا بسرعة!

وكانت أمي أشبه بطفلة!

***

وكان وحدَهُ الطفل في تلك الشيخوخة (نُعْمان) الذي عاد يردِّدُ في الليلة التالية: لن آكلَ، يعني لن آكل!

وضحكتْ وهي تنظر إليه، بعد أن كانتْ التهمتْ شفتي..

وقالتْ: يعني لأنَّ مدَّة صلاحيته انتهتْ؟!

عندها تذكرتُ الهُوَّة!

***

تذكرتُها.

وكنتُ أسمع حفيفَ ارتطام ثوب أُمي بالباب، باب الغرفة الكبيرة! وكانت البنادق مصّوبة إلى ظهري، ويأمرني رجالٌ غلاظ، وهم يغرسون فوهاتها في لحمي.

- هيا، أدخُلْها!

وكان حفيفُ ثوب أمي يرتفع، ويتحوّل إلى دقاتِ قنبلةٍ موقوتة!

***

وكنا سننفجر.

دخلَ الآخر إلى أحد المكاتب. وقبلَ أن يتحدَّثَ دسستُ كتابَ الدعوةِ في يده، فأشرَعه في وجه الموظف غير الحليق، الذي يجلس في نصفِ عتمةٍ ببرود واضح!

- نحن مدعوّان، نريد أن نتحدّث بالهاتف، إذا سمحتَ!

- من دعاكما؟

- الذين لم يكونوا في انتظارنا!

قَلَّبَ كتاب الدعوة.

قال: العنوان غير واضح!

قلتُ: كيف يكون غير واضح؟!

قال: لأنني أقول ذلك، وأنا أعرف البلد، أنا ابنها!

قال الآخر: هل نستطيع الاتصال بهم؟

قال الموظف: مَنْ؟

قلت: أصحاب الدعوة.

قال: تستطيع، ولكن ليس من هنا!

قلتُ: ولكننا مدعوّان!

قال: ولوْ. الاتصال يكون من البريد. وليس من المكتب! وأخذَ

يهرشُ ذقنه غير الحليقة، وينسحبُ إلى نصف العتمة!

***

الضوء السّاقط من بوابة الملجأ يضيء أرضيته بمستطيل يشكّلُ ثلثَ مساحة الملجأ كلّه. في الثلثين الآخرين توزَّعْنا، كلٌّ له قطعة من العتمة! قطعة من الظلّ! والرصاصةُ عبرتْ، فتناثر الترابُ في وجوهنا؛ ولم يقل أحد في البداية: إنها رصاصة 500! لأن الرصاصة فاجأتْنا. وحرمتْنا فرصةَ تبديد الوقت، في محاولة معرفة عيارها. كنا خائفين!

الرجل ذو الأبناء قال: الملجأ غير آمن!

وأبي قال: الرصاصة دخلتْ الملجأ مُصادفة، لا بدَّ أنها ارتطمتْ بشيء ما فانعطفتْ!

وأمي قالت: لن أخرج من هنا إلّا ميتةً، لن أبتعد أبدًا عن البيت! إنه شقاء العمر كلّه!

وقال أحدُنا: ربما قنّاص.

- ليستْ رصاصة قنص.

- ربما عرفوا مكاننا.

- كانوا أطلقوا قذيفة لو عرفوه!

- الرصاصةُ طائشة.

- أنت الطائش، في الحرب، ليس هناك رصاصٌ طائش، كل الرصاص يُطْلَقُ ليَقْتُل، لا ليطيش.

- الأفضل أن نغادر.

- لن أُغادر! لن أترك البيت، لن يغيب عن عينيّ، سينهبونه!

- ما الذي يمكن أن يُنهَب فيه، آه؟!

تحسستْ أمّي خصْرَها، اطمأنّتْ. كنتُ أعرف أن نقودنا خرجتْ من الوسادة واستقرَّت في نِطاقها!

وراح مستطيل الضوء يضيق برحيل الشمس إلى مغربها.

***

ورحنا نضيقُ، ننكمش، ولم أدرِ إن كنا سننفجر، أم سنتلاشى.

قلتُ للآخر: ربما نكون أخطأنا.

قال: كيف؟

قلت: بَكَّرْنا مثلًا، هل أنتَ متأكد من أننا أتينا في الوقت الصحيح؟!

أطْرَقَ قليلًا.

قال: فِكْرَكْ؟!

وفضَّ كتابَ الدعوةِ على عجل. تابعَ السّطور حتى وصل إلى حيث الأرقام التي تدل على التاريخ.

هتَفَ: 16/ 9/ 1991. لم نُخطئ!

قلت: الحمد لله.

قال: الحمد لله! ولكنك ستجنّني!!

قلت: أعدك ألا أفعل، لكنّها فِكرة.

ولحِقَنا الموظفُ. قالَ: معكم عِمْلة صعبة؟!

قلتُ: لا، موقفُنا هو الصّعب!

قال: اذهبا إذًا، اذهبا.

عاد ودخلَ المكتب. أغلقَ الباب خلْفه، وسمعتُ المفتاحَ يدور في القفل.

***

أبي قال: الأبواب مغلقة، والمفاتيح في عبّكِ، لا تخافي! وكان المساء مخيفًا، حيثُ أصواتُ الانفجارات تقتلعُ الأحشاء.

وقال الرجل ذو الأبناء الذي فقد زوجته منذ ثلاث سنوات: سأذهب من هنا، سأبتعد بالأولاد إلى داخل المخيم، الموت مع الجماعة رَحْمة!

قلت: أَلا يعتبرنا جماعة؟! كم عدد الأشخاص الذين يجب أن نموت معهم، حتى يصبح موتُنا رحمة؟!

وقالت أُمي: الموت هو الموت!

وقال: سأنقلهم على دفعتين، أنقل الأربعة على دفعتين.

ثم سألَ الرجلُ جارَنا الصغيرَ إن كان يجبُ عليه أن يذهب إلى قلب المخيم ليفتّش عن أمّه.

فهزّ الصغير رأسه: سأبقى هنا!

وكنتُ مستغربًا من أنه بقيَ صامتًا طوال الوقت!

***

نادى أبي جارَنا الصغير.

وكأنه تذكَّر شيئًا نسيه من سنوات.

وكان يسكن وحده في الغرفة التي تركتْها له أمُّه، أُمّه التي تزوَّجتْ ولم يحتمله زوجُها، فتركتْ الصغيرَ وحده هناك!

ركض أبي تحت مطر القذائف، حتى وصله.

فباغتَ الصغيرُ أبي بسؤاله: صحيتوا؟!

فقال أبي: وهل بقي أحد نائمًا حتى الآن؟!

قال: كنتْ ناوي أصحّيكم، بس قلت لسّه الوضع هادي!!

وانفجرتْ قنبلةٌ على مسافة قريبة!

قال الصغير: راح المطبخ!

فأمسكه أبي من يده وراح يركض به، وهو يصرخ: شوي شوي يا زَلَمِه!

***

ومالت الشمسُ، أصبحِ الملجأ في الظلّ الحالك لمخازنِ التموين، المخازن التي انتصبتْ عاليةً خلْفه.

وخرج الرجلُ ذو الأبناء باثنين من صغاره.

وأوصانا بالآخَرَيْن.

قال أبي: اطمئن. لكن، انتبِه.

وراح يتسلَّقُ الانحدارَ الترابي المؤدّي للغروب، فانهارَ الترابُ، وتجمَّع في كومة صغيرة، وانتشر غبارٌ ذكَّرنا بغبار الرّصاصة. وسمعْنا خطوات الرجل وابنيه تبتعد في الليل. بكت الصغيرةُ. اجتازت أُمّي حدودَ مساحتنا في الملجأ، وقطعتْ مساحةَ الضوء الساقطةِ من فتحة الباب، قادمة من قذيفة التنوير. احتضنتْها، فبكتْ صغرى أخواتي، فسحبتْها من يدها باتجاهها.

***

ولم يعد الأطفال فَرِحينَ بالحقائب التي تدور على الحزام. لأنهم يحملونها الآن ولأنها ثقيلة، وكانت قافلة النساء تعبر الشارع دون أن تنتهي.

وتساءلتُ: هل هبطتْ طائراتٌ أخرى محمَّلة بهنّ؟!

حاولتُ البحثَ عن وجه مألوف رأيته في رحلتنا، لم أجد.

قلتُ للآخر: طائرة أخرى مليئة بالأولاد والنساء، نساء لا ينظرنَ خلفهنَّ، وأولاد يشدّون على الأطراف الليليّة لأثواب أمهاتهم خوفًا من الليل!

(مكتب بريد)

دخلْنا، وكانَ الناسُ يتّصلونَ عاتبين، وغاضبين، ومستسلمين للاجدوى محاولة الاتّصال!

- هل تعتقد أنهم مدعوّون؟ سألتُ الآخر.

وكانوا يتحدّثون بلهجات مُتعدّدة، لا شيء في صوتهم يُوحي باحتفالية ما! يخرجون على عَجَل من الغرف الزجاجية للهواتف، ويقطعون الشارع دون أن يلتفتوا!

قلتُ لموظف آخر كان رابضًا فوق كرسيّه ببرود: نحن مدعوّان.

قال: من دعاكما؟

فناولته كتاب الدعوة.

قال: ماذا تريدان؟

ولم يكن قد قرأ الكتاب، اكتفى بالشعار الكبير المطبوع على زاويته العليا، ربما، وبالجُمل المحيطة به التي صيغَتْ بدقّة للتعبير عن أهمية (الإنجاز العظيم!)

قلتُ: نريد التّحدثَ بالهاتف.

قال: تحدَّث! هذا الخط مباشر!

ودفعَ الهاتف باتجاهي!

قلتُ: فُرِجَتْ.

ورأيت الآخر يبتسم، فأردتُ أن أُقلِّده، إلا أنني تساءلتُ: كيف ستبدو ابتسامتي بعد اختفاء شاربي؟! قبيحة لا شك، لم أبتسم.

***

ولم أهدأ، لم يهدأ أبي، لم تهدأ أمي وأخوتي، وتصاعدت الهواجسُ، وتزاحمتْ في سماء الملجأ الضيقة حين عاد الرجل ذو الأبناء. الرجل الذي كان يهذي: جهنم الحمراء، والرصاص قَلِيَّة، سيدمِّرون كل شيء، يضربون ليدمِّروا كل شيء!

وكنا قد خفَضنا صوتَ الراديو الصغير. لنسمعَ الأخبار من مصدرها!

وقال: هناك القليل من الملاجئ. البيوت قبور، وخطرة. هناك تسويات لبعض البيوت، وهناك بيوت متوارية عن القذائف والرصاص، ولكن لاشيء يفلتُ من مدافع الهاون والهاوتزر! أرحمُ ما في هذه الحرب الدّبابات! تُدمِّر واجهات المخيم، ويُدمِّرها الشباب. الشباب جيدون؛ ولكنهم يدركون: إذا دخلوا علينا سيذبحوننا كالنّعاج!

وقال: المخيم تجمَّع في الوسط. وأمسك بصغيريه، وقال عليكم أن تغادروا الملجأ، لأن الهجوم سيبدأ من هنا! وحاول أن يدفع الولد إلى الخارج، لكنه عاد وسحبه على عجل، وهو يرى القذيفة الصاروخية تهبطُ مجنونةً، وتلتْها أخرى وأخرى، وسكنتْ جهنمُ جوارنا، وسكنّا جوارها! لم نتحرك. تناثر تراب، هبط من سقف الملجأ، ومن جوانبه الصخرية المتفسّخة، وكنا نرى بأذنينا انهيار المخازن خلْفنا، ونشهدُ أعمدةَ النار التي تلفح وجوهنا وتزرع أرضية الملجأ بمستطيل من الضوء الناريِّ الذي يتَّسع، ويضيق، ويتأرجح.

وقالت أمي: أشهد أن لا إله إلّا الله!

وقال الرجل ذو الأبناء: نسيتُ أن أوصيهم بولديّ خيرًا! وطمأنه أبي!

وكنا نهتزُّ مع انفجار كل قذيفة تسقط خلفنا.

وقال الرجل: إن قذيفةً واحدة تُقَصِّرُ، ستسقط في حِجْرِنا!

وقال له أبي: استعذ بالله.

فاستعاذ. ولم تتوقّف صغيرته عن البكاء، صغيرته التي تريد أمها.

وقال الرجل: كيفَ تريد أُمها، وهي لم تعرف أمها أبدًا؟!

وما كانت هذه هي المسألة الوحيدة التي تُحيِّرنا.

وحده، جارنا الصغير، ظلّ صامتًا.

راقبتُه، لم يكن يسمعنا، كان يُرخي أذنيه اللتين تتصيَّدان نداءات المذيع، مذيع إذاعتنا السريّة:

"يا جماهير شعبنا العربي، إن المذبحة التي تُرتكب اليوم.."

***

وكنتُ قد فكرتُ طويلًا، قبل أن أَبُقَّ الحَصْوة، وأفقد إمكانية سماع صوت يستجيبُ على الطرف الآخر.

قلتُ للموظف: يا أخي التليفون ما فيه حرارة!

قال: أعرف، أعرف ذلك!!

وكان جالسًا، ولم يبدُ عليه أنه أعطانا إياه ليسخرَ منا! وكان الناس يتحدثون بحرارة، بلهجات مختلفة، من غرف الهاتف الزجاجية الصغيرة.

قلتُ: لعلهم يكايدوننا، وليس ثمة حرارة في كل الهواتف!

وظل جالسًا، مشغولًا بشيء ما، تمرُّ أطيافُهُ الكسولة على جانبيه، موظف البريد هذا، قلت: يسخُر منا!

ولم يكن يسخر!

قال: حاول مرةً أُخرى.

فحاولتُ: وظلَّ الخطّ باردًا، وتصببَ العرقُ من جبيني وأنحدر على رقبتي.

لو صعدتُ إلى سطح المطار، وناديتُ، كانوا سيسمعونني، أو لو انفجرتُ.

قلتُ للآخر: شُوْبْ.

فقال: لا.

قلتُ: ولكنني سأختنق.

وتدفّق العرَقُ أكثر، تركتُ الهاتفُ فانقضَّ على السماعة بسرعة جنونية رجل بجُبةٍ وعمامة متّسختين، من أولئك الذين يمضون الليالي الطويلة نائمين في المطارات! وأدار القرص، قبل أن يقول له موظف البريد، الذي نطق أخيرًا: سمحنا للأستاذ أن يتحدث بالخط المباشر لأنه مدعوّ، هل أنتَ مدعوّ؟!!

فقال، وقد أكمل دورات الرّقم الذي يريد: الإنسان لا يُدعى إلى بيته!

ولم يُعجب الموظفُ بالجملة، ولا نحن أيضًا. وقلنا: مُزاوَدَة!

وهتف هو: آلو، أيوَهْ، هوَ، هو بعينه!

فقلت: الرجلُ يكذب، وهو متآمر مع موظف البريد، لقد حاولتُ مرتين، ولم تكن هناك حرارة!

ودون أن أشعر وجدتُ أُذُني تدنو من أُذنه، أذنه الملتصقة بالسماعة! أحسّ الرجل باقترابي فابتعد، فعدتُ ووضعتُ أذني خلف رأسه واستمعتُ!

***

كانت الأصوات تندفع في الشارع، مختلطةً. أصواتُ خطوات، صيحات، كلّ آذاننا التصقتْ بجدران الملجأ الصخرية. وقلنا: إذا وصلوا الآن، قتلونا!

وتصاعدت الأصواتُ في الشارع، يفصلنا عنها صفٌّ طويل من المخازن، وممر صغير بين مخزنين.

وهبَّت القذائفُ في موجة أخرى، فتلاشت الأصوات، سوى صوت واحد كان يصرخ بألم.

وكنا قد ابتعدنا للداخل بعيدا عن بوابة الملجأ، التي كان كومُ التراب يرتفع أكثر فأكثر على عتبتها الداخلية الواطئة وتجمّعنا هناك، في أقصى نقاط الظلمة سوادًا.

وقال الرجل ذو الأبناء: هذا التراب سيُغلق بوابة الملجأ أخيرًا، وكان ينهمر كتراب ساعة رملية مرتبكة.

وكنا مرتبكين.

هبطتْ قذيفةُ التنوير من سقف ليلة الموت باطمئنان غريب، فقالت أُمي: الآن لن يُميّزوا بين ظلالِ الغسيل على السطوح وظلال البشر!

وقال أبي: معك حق!

قالت: كان يجبُ إنزال الغسيل من على السطح منذ البداية!

فقال أبي: بأيٍّ منا تريدين التضحية؟!

فصمتتْ، وعادت الأصواتُ تتصاعد على الطرف الآخر، خلف المخازن، واختفى الصراخ المجروح فجأة.

قالت أمي: لعله مات.

وابتعدت الأصوات، أصوات البشر، أصوات الانفجارات، ابتعدت.

***

وصرخ الرجل ذو الجبَّة والعمامة المتّسختين: ولماذا لم تنتظروني؟!

وأندفع صمتٌ كثيف.

ولم نعرف بم أجابوه.

وقال: إنني لا أعرف شيئًا في البلد.

وقلت: قد يتوه الإنسان في بيتهِ!

وعاد صمتٌ فاحتلْنا.

وقال: لو كان بإمكاني الآن أن أعود لعدتُ.

كان قد ألقى بالسماعة فأصدرت صوتًا قويًا، لم يعره موظف البريد إلّا التفاتة صغيرة، نحن الذين توقَّعنا أنه سيخنقه! فاندفعتُ إلى السماعة، واتجهتْ سبابتي إلى دوائر القرص، وللمرةِ الأولى اكتشفتُ أن حركته ثقيلة، وانحدرَ العرقُ على جبيني أكثرَ فأكثر!

قلتُ: ربما بسبب الجهد الذي بذلته في إدارة القرص الثقيل.

***

حين رحتُ أشدُّ على الحبل وعلى نفسي، كنتُ منقوعًا ببحر، أين كان كل هذا الماء؟! كأنني جَمَل!

كان الحَبْل مشدودًا إلى حديد شَبكِ الحماية المثبّت بالنافذة، ينحدر من أعلى السطح، وينعقد بقوّة.

تساءلتُ: أكان لا بدّ من ثلاثين عقدة كي تطمئنّ أُمي أن الحبْل لن يفلتَ ويتسخ الغسيل؟!

وأحسستُ بهواء يأتي من داخل الغرفة، فعرفتُ أن الشّباك مكسور، ورأيتُ الباب يتأرجح بصمت أيضًا، ولمحتُ ظلَّ أبي الذي كان يبحث عن أي شيء يؤكل أو يُلْبَس.

انطلقتْ قذيفة تنوير في اللحظة التي فككتُ فيها العقدة الأخيرة، فانساب الحبْل بما عليه، ولكنني في اللحظة الأخيرة، أوقفتُ اندفاعَهُ، وأحسستُ بالعمود الخشبي يتأرجح فوق السطح، ويتأرجح معه الغسيل، وكان ظلّ أبي أمامي محنّطًا. لمحتُ أبي كعمود ملح. وفجأة وقع، وقع العمودُ الخشبي على السطح مُحْدِثًا دويًّا هائلًا، لم يسمعه غيري، فهربتُ قبل وصول القذائف، وسمعتُ خطى أبي المرتبكة خلفي.

قلت: سيفتقدون حبْل الغسيل!

وقالت أمي: سنفتقد البيت إذا افتقدوا حبلَ الغسيل!

وقال الرجل ذو الأبناء: لن أغامر بالولدين دفعةً واحدة، سأوصِلُ الصغيرةَ، وأعود للصغير!

وقال أبي: لا تذهب الآن، هذه الساعات خطرة.

فقال: ستكون الساعات القادمة أخطر. المدافع لن تصمت، ما دامت ابتدأت!

وقال أبي: ستأتي النجدة، العالم لن يصمت!

وقالت أمي: لم تكن هناك نجدة في أي يوم من الأيام!

واندفع الرجل ذو الأبناء عبر بوابة الملجأ فارتفعتْ كومةُ التراب. واختفى في الليل. راحت خطواته تضعف، تتلاشى، حتى غدت أشبه بأنين!

***

ثمة صوتٌ، قلتُ للآخر، هناك صوتٌ! ألصق أذنه بأذني، وبيننا السماعة: لا أسمع. قال.

ناولتُه السماعة.. قلت: اسمع!

وقال: هُوِّ وقِلْتُه!

قلت: من الممكن أن يكونوا غادروا المقرَّ باكرًا!

وقال: لا أظن، الهاتف هو السبب. ما الذي يؤكّد لكَ أن هاتفًا بلا حرارة يمكن أن يوصلكَ بأي رقم؟!

حاولتُ مرة أخرى، وحاول هو، وحاول موظف البريد، وفقد رجل صبره، كان ينتظر دَوْره، اختطف السماعة من يدي، معتقدًا أن هذا الهاتف أيضًا للجميع!

- دعونا نحاول على الأقل!

وحاول!

وساد الصمت، لم نعد نسمع معه حتى الضجّة المنبعثة من الغرف الزجاجية الصغيرة للهواتف. وفجأة قال بفرح: آلو!!

أوشكتُ أن أنفجر، وقال الآخر: وأنا!!

ولم أكن قد قلتُ له: إنني أوشكتُ أن أنفجر!

ولم يقل موظف البريد شيئًا.

اقتربتُ منه، أدنيتُ أذني من السماعة، فَحَوَّلها إلى أذنه الأخرى، فاقترب الآخر من أذنه الأخرى، فأمسكَ بالسماعة بيديه، ورشقنا بنظرة حمراء!

أعاد بعدها السماعة إلى الأذن المقابلة لي، وظلّ يهزُّ رأسه، ويهزّها، دون أن يتكلم!

قلت: في حالة تلقِّي الأوامر، يمكن أن يقول "نعم سيدي، حاضر سيدي" ولكن، هذا يهزّ رأسه فقط!

وضعَ السماعة، رمَقَنا بنظرة غريبة، ثم انطلق وهو يهزُّ رأسه كما كان يفعل مع الهاتف!

***

قال الآخر: كان عليَّ ألّا آتي، كان يجب أن أبقى هناك، أن أفهم أن قيامة المعجزة، لا تأتي بين مذبحة وضحاها، نكسة وضحاها، هزيمة وضحاها! على أيّ حال، لم تُعْطني صحبتُكَ غير تعبِ القلب، وأنت تعرف، أنتَ تعرف لماذا أتحمَّلكَ!

قلتُ: أعرف!

وهبَّ صمتٌ. قطعتُهُ: انتظرني هنا، سأتكلّم من شركات الطيران. وكانت مكاتبها في الجهة المقابلة. انتبه للحقائب.

***

ومرّ الطيران من جسدي، آلاف الطائرات، واندفعَ صاروخ عابرًا سماءنا! ألقتْ باللّحاف بعيدًا، وقامت ترقص: صاروخ!! صواريخ، صواريخ، صواريخنا!

ورقصتُ معها، وبكينا، بكينا فرحًا، وتعاركنا، تدحرجنا على الأرض، فوق السرير، فوق الصّحف التي تراكمتْ في الغرفة، فوق المذياع الصغير، وتداخلنا، فضضنا سرَّ غاباتنا! جوعنا للهواء! وأشرعتُ النافذة، تفقدتُ الفضاء، كان الفضاءُ هناك! أشرعتُ الباب، كانت العتبة أمامه! وتليها الأرض، الأرض بكل ما فيها! وفتحتُ قلبي، فوجدتُها!

وقالت: أغلق الباب.

قلتُ: لا.

- الشّباك.

- لا.

وقالت: لم تذهب المظاهرةُ سدى!

رنَّ جرس الهاتف: افتحوا التلفزيون.

وعرَفنا أيّ تلفزيون يقصد. فتحناه، كان زامور الخطر يدوّي. وكان الصوتُ على الطرف الآخر قد اختفى.

ولم يكن يريد أن يقول أكثر من ذلك، ولم نكن نريد أن نسمع أكثر من هذا.

وانطلق رنين الهاتف ثانية، فرفعتْ هي السماعة، لا، ألقتْها بعيدًا، وسمعناه يصرخ: آلو.

وكنا نصرخ، نتدحرج صاعدين الهوّة!

التصقنا هناك عند حافة النافذة، كانت المدينة غير المدنية، خرجنا للحوش، حيث كانت هناك سماء أخرى، غير تلك التي نعرفها!

قالت: سنمرض.

قلت: فلنمتْ بعد الآن.

قالت: لا، لسه بدنا صواريخ!

***

وقال جارنا الصغير: لماذا لم يطلقوا صواريخ (غراد) حتى الآن؟

وقال أبي: شو عرَّفك بصواريخ غراد؟

قال: أنا ميكانيكي، وأعرف السيارة من صوت ماتورها دون أن أنظر إليها!

وقالت أمي: ما علاقة الصواريخ بالسيارات؟!

فقال: إنه اشتغل في كراج المقاومة، وإنه شبل!

وكنا نعرف ذلك، ولكننا لم نكن نعرف قدرتَه على التمييز بين صاروخ وصاروخ.

وقال المذيع: "يا جماهير شعبنا العربي.."

فقال جارنا الصغير: يجب أن تنطلقَ صواريخ غراد الآن، إذا لم يُطلقْها شبابنا الآن، لن تنطلق أبدًا.

وكانت بوابة الملجأ تُفضي إلى سماء ملتهبة.

***

والسلالم المؤدية إلى مجمّع الشركات مضاءة، وفوقها سماء بظلام

دامس. ومصابيح النيون تفضح عري المكاتب، المصابيح البيضاء إلى درجة مؤلمة.

وصلتُ البوابة الرئيسية، دفعتُها، فاندفعتْ، تبعتُها للداخل، ثم خلَّفتُها ورائي.

بعد خطوتين أو ثلاث خطوات توقّفتُ، كان المكان خاليًا: المقاعد، الطاولات، ولم يكن هناك غير صور، صور الزعيم الكبيرة، بألبسة تبدو غير مرئية، لفرط شفافيتها تُخفي الوجه الذي يبدو قاسيًا أحيانًا، رحيمًا أحيانًا، باللباس العسكري أحيانًا، وأحيانًا بالمدني!

وتحتَ إحدى الصور كُتِبَ: مهندس (الإنجاز العظيم!)

لم يكن ثمة أحدٌ غير صوره! هل غادر الموظفون المكاتب وتركوها له؟!

ألواح زجاج كبيرة، تفصل الغرف، والمشهد كامل الوضوح.

حاولتُ أن أدفعَ بابًا زجاجيًا، نصفه الأسفل خشبي، اندفع، ناديتُ: هل ثمة أحد هنا؟!

- هل ثمة أحد؟! أعاد الصدى.

وخرجتُ قبل اتهامي باقتحام مكاتبَ رسمية، وكانت عشرات الهواتف البيضاء خلْفي صامتة.

وقبل أن أبلغ الباب الرئيسي، انطلقتْ كلّها في موجات زنين متقاطعة! متشابكة! تسمّرتُ مكاني، وللحظات لم أستطع نقل إحدى قدمي، لتحقيق خطوة واحدة.

وقلت لنفسي: اِهدأْ.

***

وقالت لي: اهدأ، الأيام قادمة!!

وهدأتُ.

***

وظلَّ صدري يعلو ويهبط..

***

وهتفتُ مقهورًا: ألا يوجد أحد هنا؟!

وانتظرتُ.

ماذا لو كانوا يلهون الآن، ماذا لو صاحوا دفعة واحدة، وهم يُطلونَ برؤوسهم من تحت المكاتب: مفاجأة، هل رأيت، نحن ننتظرك منذ زمن هنا!

***

وقالت: إنها انتظرتني، انتظرتني طويلًا.

وقلت لها: لقد عدتُ، و..

وصرختْ: لقد عدتَ!

وكان زامور الخطر قد توقّف، والمذيعُ يعلن ذلك بالعبرية!

***

وظلت الهواتفُ صامتة، وقلتُ: تُبًّا لشركات الطيران والطيران!

***

الطيران الذي قيل إنه يبحث عن منصّات الصواريخ. كان يبحث عني.

وتبًا للهواتف التي توقّف رنينُها ليلتين كاملتين.

وقالت: اطمئن. وكانت تنظر معي إلى السماء بلهفة، حيث كل شيء غامض!

***

وكنتُ سألتُ موظفةَ الطيران. سألتها بالهاتف، بعد تصفّحي للتذكرة، محاولًا أن أكون رصينًا ما أمكن. سألتُها: لقد لاحظتُ أن التذكرة باتجاه واحد -ونْ وي- أليسَ كذلك؟!

قالتْ: نعم.

قلت: ولماذا؟!

فقالت: لقد فكّروا هناك، واكتشفوا أنكم قـد تحبّـون تغييـر خـط عودتكم، أو تذهبون إلى بلدٍ آخر!

قلت: عجيب .. ون وي!!

فقالت: لا عجيب ولا حاجة!

وقال الآخر: هذا يحدث معي للمرة الثانية!

سألته: ومتى كانت الأولى؟

قال: الأولى، الرحلة إلى الآخِرة! وضحك!

قلت: تضحك!!

***

ولم يكن يعرف الضّحك حـين قابلتـه للمـرةِ الأولى، كـان مغطـىً بالدم!

***

حين وقفَ على بوابة الملجأ، وسدّ الفضاء المُعتم بقامتـه، ارتجفنـا، قلنا: وصلوا.

وظلّ واقفًا هناك، غامضًا، إلى أن أضـاءت قذيفـةُ تنويـرٍ جـسده، فعرفناه.

كانت صغيرته بين يديه.

وتساقطتْ القذائف بعد قذيفة التنوير.

***

كان يركضُ، تجاوزَ الممر، مخازنَ التموين، قطَعَ الـشارع، وصـل الفُرن، حين تعثّر في العتمـة، فسقطت الـصغيرةُ، صـغيرته، وسقط معها، ثم وقفتْ تبكي، وقفتْ قبلَهُ. وكانت القذائف تسقط قريبةً منه، هل رأوه؟! ولم يكن هناك تبادل إطلاق نار!

الصمتُ الليليّ يحمي مواقع نيراننا.

38

وحاذته قذيفة أخرى، شدّ البنت إلى الأرض، صمتت القذائف قام يركض، حَمَلَها.

أي جنون ذلك الذي يحسّه الآن لزجًا، دافئًا على ساعديه؟!

ولم تقل البنتُ: آه.

كل شيء يغلي، ويندفع خارج بطنها، وأضاءتْ قذيفةُ التنوير، كانت أمعاءُ البنت مُندلقةً كلّها، جُنَّ؛ ردَّ الأمعاء بكل رعبه، بأصابعه، براحتِهِ التي راحت ترتجف، وبعينيه الفزعتين المفتوحتين على الموت، ردّ أمعاءها وقَلَبَها على ظهرها، وجهها للسماء!

مُصفَرَّةً كانت.

وصاح صوت من بعيد: يا حاج خُذ الأرض!

ولم يأخذ الأرض، الأرض هي التي تأخذه، تأخذُ كل شيء، تأخذ الصغيرة الآن كما أخذت أُمها.

وعاد الصوت: خُذ الأرض.

أي جنون أصاب الشظية، أي جنون مُحْكَمٍ أصابَها، وهي تمرُّ هكذا، تشرط الفستان، وجلدَ البطن، وتمضي.

كان صوتُها ميتًا، فصرخ: هل ماتت؟

وقالوا: خذ الأرض.

ولم تمتْ، كانت حيّة تتنفس، وتقول له إن الضوء قوي، وإن الأولاد يلعبون.

***

أخوها الصغير كان يركض داخل جمجمتها الصغيرة، هاربًا بمفاتيح (النَمْلِيَّة)، هاربًا بالكبريت، الكبريت الذي يفتتُهُ في الفتحة الضيقة للمفتاح، المفتاح الذي ربطَ رأسه بسلك قوي، فأضحى مثل شاكوش، والمسمارِ الصغير الذي كان يزجّه في الفتحة الضيقة، ثم حركةُ يده، وهي تهوي على الحائط بالمسمار، وحركة يديها وهي تحاول

إغلاقَ أذنيها خائفة من دويِّ الانفجار، فتهدد أخاها بأُمها التي كانت ميتة! ولكن الأطفال كانوا يهددون بعضهم بأمهاتهم، وكانت تهدده أحيانًا بأبيها الذي غيَّر اسمها، لأنها أضحت خاتمة نسله. هو الذي لم يفكر يومًا بقطع حبْل الخِلْفَة.

وعاد الصغير ليملأ الثقب بالكبريت، غيرَ عابئ بتهديدها، غير عابئ بأمّها.

- لماذا لا تخاف من أُمي؟! كانت تسأله.

ولم تكن تعتقد أنها أُمه أيضًا، هي أُمها وحدها، تلك التي لم ترها!

***

وكانت هناك، وكان واقفًا، قالت له: سأقول لأمي!

قالت لأبيها: سأقول لأُمي.

وأبي شدَّ أباها، وأدخلَه، وأُمي خلعتْ غطاء رأسها وسدَّتْ به بوابة الملجأ، وأبي أشعل عودَ كبريت، وتساقطت قذائفُ. وقالت الصغيرة لأخيها: سأقول لأُمي!

وكان الصغير خائفًا من أمّه للمرة الأولى، فسكتَ، فقالت له: لن أقول لأُمي يا خَوِّيفْ!!

وخِفْنا كلّنا.

ولم يطمئن أخوها.

"يا جماهير أمتنا الماجدة، إن المذبحة.."

بطنها المفتوح كان يحيّرنا، ما الذي يمكن أن نفعله؟! لم نسأل، ولكن بطنها المفتوح ظلّ يراقبنا إلى أن ماتت، إلى أن أغمضتْ عينيها. كانت مُتْعَبَة، وبكى الرجل، وأدرك الصغار أن أُمي تكذب، حين قالت: اصمتوا البنت نامت!

وخرج جارنا الصغير راكضًا، تبعه أبي، لكن الصغير اختفى، كان جسده يظهر ثم يتلاشى مع العتمة، كلما انفجرت قذيفة قربه، ومن

بعيد، قال لأبي: عُدْ، اطمئن سأعود، سأعود! وظلّ يركض.

***

قال أبي: لا تخافوا عليه، هو الذي رَبّى نفسَهُ.

وقلتُ للآخر: لم يكن باستطاعتي النوم، ما دام شباك غرفة جارنا الصغير مضاء.

كان يكفي أن يُغمض الأبُ عينيه عن ابنه، حتى يفقده، أو تغمض الأم عينيها..

أبي الذي لم يكن يقرأ، كان يقول لي: سَمِّعْ لي درسَكَ، فأتناول كتاب القراءة وأقرأ، كنتُ أخشى التأتأة، أو الوقوع في خطأ، وكان يكتشفني: اليوم لم تدرُس أليس كذلك؟ ويطالبني بأن أنسخ الدرس عشرَ مرَّات، وكنتُ أنسخه، فيأتي مساء، وقبل كل شيء يسألني، أين الدفتر؟ أناوله إياه، يبتسم، أو يهدُر: خطّك زي الزِّفت!

كان يضمن بذلك أنني لن أفارق البيت.

وكان جارنا الصغير لا يفارق البيت، بيته، بعد أن انسحبتْ أمُّه وراحت؛ اختفت مع زوجها في المخيم.

: تريد أن تنام؟! أنظر إليه، إنه سهران!

وتشير أُمي إلى غرفة الصغير.

الصغير الذي لم يعرفوه كما عرفته، حين قلتُ له: يا عَمْ! ما في حدا زيَّك، حُرٌّ ولا أحد يسألك!

الصغير الذي بكى، حين قال: أريد أن أكون مثلكم!

ونحن بكينا. أُمّنا لا تبكي حين ننام! فلماذا يبكي الرجل حين تنام ابنته؟!

ولم ينم أحد بعدَ أن نامتْ، وكنا نشكُّ في كلامهم.

***

وكان الآخر يشكُّ في كلامي، لم يُصدِّق أن ما تحت الطائرة غيم.

قال: الغيم لا يكونُ تحت الطائرة. فأقسمتُ له أن ما يراه ليس سوى الغيم.

فقال: جبال.

قلت: غيم.

فقال: لو كان غيمًا لرأيته من قبل.

قلتُ: كيف، وهي رحلتك الأولى بالطائرة؟!

قال: حين حملتْني القنبلةُ إلى هناك، إلى السماء وكان يشير إلى سقف الطائرة!

وقال: هذا ثلج.

ولم أُناقشه.

***

كانت القذيفةُ تقترب، وكنّا نراها، ونحن نسمع صوتها، تتقدّم كما لو أنها صُوِّرَت بالبطيء، وتنفجرُ ناثرةً أمعاء الأرض، مُطوِّحةً بكل ما تطاله إلى السماء.

قال الرجل ذو الأبناء الذين نقصوا واحدة، بعد أن عثرَ على نفسه، بعد أن تذكَّر صغيرَهُ، وأخويه في الجانب الآخر من تلك الليلة.

– سيقتلوننا كلنا إن وصلوا، وسيصلون!

وضع صغيرته جانبًا، وضعها بهدوء، كما لو أنه كان يخشى أن تصحو فتطلب أمّها!

– سيقتلوننا إن وصلوا.

– لو يصلون، فقط لو يصلون.

– ماذا، ماذا تقولين؟

– لو يصلون، لعلهم يكتشفون عن قربٍ أننا بشر!

وصَمَتْنا فجأة.

***

وكنا خائفين أن نجرح الصمتَ، الصمت الغامض، أثناء تحليق الطائرة، حتى تلكَ المرأة التي قالت لي: تِسْمَحْ.

وقلتُ لها: تفضلي.

وجلستْ بجانبنا، ظلَّتْ صامتة.

وحين جاءوا لنا بطعام العشاء، مدَّتْ المرأةُ يدها إلى كيس بلاستيكيّ، وأخرجتْ رغيفَ خبز كبير، قسَمَتْه نصفين، ومدّتْ يدها إليّ بنصفه، والنصف الآخر للآخر، اعتذرنا، فرفضت اعتذارَنا!

وقالتْ: خُبز الطائرة زي الخبز في مسرحية عادل إمام، كثير صغير!

وحاولتْ أن تضحك.

قالتْ: خبز مَرضى!

وقالتْ: إن أختها أوصلتْ أرغفةَ الخبز إليها في المطار، لكن الأخت لم تستطع الدخول. صمتتْ.. ثم قالت: دبَّرتْ حالها ولقيت واسطة عشان توصِّل الخبز، الخبز بَسْ!!

وحاولت أن تضحك.

- رغيف الخبز بحاجة إلى واسطة!

وقالت: ليش ما توكلوا، لتْكُونوا مِدِنْ؟!

قلت: لا مِدِنْ ولا بطيخ!

فقالتْ: كلوا.

وأكلنا.

***

كان الخبز مشكلتُنا، قالت أُمي: لدينا ما يكفينا لثلاثة أيام، وقد انتهت الأيام الثلاثة.

وقالت لأبي: عليكَ أن تُخرجَ برميلَ الطحين من المطبخ وتضعه في حوش الدار، لأنها إن تهدّمت فوقه سنموت جوعًا.

وغاب أبي في الليل. تاركًا ساعة الرَّمل المرتبكة تتساقط خلْفَهُ في الملجأ.

كانت المدافعُ قد تعِبَتْ. هل تتعب المدافع؟!

وكنا تَعِبنا.

ولم نُصدّق أن الصغيرةَ ميتة، لم نصدق أنها نائمة!

وكان الوقت ثقيلًا.

***

قال لي الآخر: تأخّرتَ.

قلتُ: حين انتهتْ مشكلة إيجاد هاتف، ابتدأت مشكلةٌ أخرى.

سألني: ماذا تعني؟!

قلتُ: الأرقام لا تجيب، الأول مشغول إلى الأبد، والثاني لا يجيب.

قال: نخرج إذًا.

وخرجنا.

سار خلفي، قطعَ الشارع، لم يلتفتْ. ألتفتُّ أنا. وللمرة الأولى من زمنْ، أحسستُه متعبًا، كيدهِ المبتورة، يده التي لم أرها، ولم يعد يذكرها.

قال لي مرة: من يدري لعلّها هنا!

ومررَ أصابعَ كفِّهِ اليسرى على كتفه، ومَسَّدَ الهواء، الهواءَ الذي قال، لعله يده!

ثم هتف: هنا تنتهي يدي.

وقال: إن أصابع يدي المبتورة باردة.

وحاول أن يضحك.

عدتُ إليه بعد أن أسندتُ الحقيبةَ إلى طرف الرصيف المقابل.

قلت: ما لَكَ؟

قال: لا شيء، بس، معقول اللي بصير؟!

تركتُه يوصِل الحقيبة إلى الرصيف، وأنا إلى جانبه.

لم أقل له: دعني أحملها عنك.

هذا يضايقه.

وقلتُ: لا عليك، سائقو التاكسي يعرفون كل شيء في المدينة!

***

سألتُ أحد السائقين، فسألني: أيّ احتفال؟!

قلت: الاحتفال بالإنجاز الكبير! الإنجاز العظيم! قل ما تريد!

ضَحِكَ، وضحك، ثم توقف قليلًا، اعتقدتُ أنه سيُجيب، لكنّه عاد وضحك من جديد!

- يا أستاذ الاحتفالات هنا لا تتوقف، الاحتفالات طوال السنة، ولَوْ ألا تقرأون أخبارنا؟!

سألته: أين تنزل الوفود! في أيّ الفنادق؟

قال: فنادقنا كثيرة والحمد لله!

قلت: أكبر فندق.

قال: كل فنادقنا الحديثة كبيرة!

قلت: شكرًا.

***

فكرتُ في العودة إلى البريد، قلت: سأُحاول مرةً أخرى.

وقال الآخر: لا تُتعب قلبكَ، استرح قليلًا.

جلستُ على حافة الرصيف. أحسستُ بالطقس يتغيّر، عندما تنبّهتُ إلى العرق المتصبب من جبيني، تحتَ إبطي، و(هناك) كان يبدو أنه يتجمع في تلك النقطة الحالكة!

سألته: كيف يستطيعُ، أن يكون باردًا إلى هذا الحدّ؟!

- مَنْ؟

- موظف البريد.

قال: بهذه البرودة، كيف (يفعلها)؟

45

وفهمتُ.

أحسستُ بوخز موجِع (هناك) لكنني لم أجرؤ على مّد يدي كي أهرشَ المكان!

***

وقال لي: إن يدَه المبتورة تهرشُه أحيانًا.

وحاول أن يضحك.

قال: قلتُ لها ذلك، لم تصدِّق.

حاولتْ أن تضحكَ. ثم غابتْ، وبدتْ نادمة حين عادتْ. ألف مرة غابت، ثم عادت.

وقالت: احضُنّي الآن!

وخفتُ.

قالت: احضني.

وحضنتُها.

تصببَ العرق من جبيني، من يدي المبتورة، أتُصدق؟

قال: تمنيتُ لو أنها غابت من زمن، وأحسستُ أن هذا آخر غياب يمكن أن يفصلنا، وحضنتُها بيد واحدة.. لا باثنتين!!!

وقال الجزار الذي أطلت عيناه بفزع من جمجمته: شو يا أخ، فاكر حالك في أوروبا؟!

لكنه فجأة اعتذر.

قال: يدي المبتورة أخافتْهُ، عرفتُ ذلك.

وقالت: إنها تخاف من يدي.

سألتها: هذه؟!

قالت: لا، المبتورة!

وقالت: إنها أتتْ للوداع فقط، وحين ابتعدتْ لوَّحتْ بيد واحدة فقط مع أنها تملك اثنتين! وحاول أن يضحك!

قال: لم أخَفْ منها، لم أخف حين لوَّحتْ بيد واحدة، حزنتُ، حزنتُ فقط.

وصمتَ طويلًا ثم قال: لو كانوا يعرفون أن يدي مبتورة، لما دعوني للاحتفال.

قلت: لماذا؟

قال: لأن يدًا واحدةً لا تُصفّق! وحاول أن يضحك.

***

ومدّت المرأةُ، التي تجلس في المقعد جوارنا، يدها، بقرنين من الموز، أخرجتْهما من كيسها، اعتذرنا، فهزتْ رأسها رافضة اعتذارنا بإصرار طيب.

قالتْ: والله، لم أحصل عليه إلّا بالواسطة.

وحاولتْ أن تضحك.

ثم استدارتْ ووزَّعتْ بقيةَ الموز على الأطفال في المقعد الذي وراءنا،

قلت لها: لم تُبقِ شيئًا لنفسك!

ومددتُ يدي لأعيدَ إليها حصّتي.

قلت: سنتقاسم حصَّته. وكنت أشير إلى الآخر.

قالت: لا هذه حصتكم! أنا أكلت زمان، أكلتُ كثيرًا!

***

ومدّت أمي يدها للخبز ووزّعته بيننا، وقالت: كلوا، فلما أكلْنا قلنا لها: أنت لم تأكلي.

فقالت: أنا أكلت زمان، أكلت قبلكم، وكانت تَضْمُرُ.

***

وكان الملجأ الضيق يضيق بمنْ فيه، بظلمة الليل، ببابه الذي لم يعُد يُفضي إلى أرض، سوى تلكَ الأرض المحروقة، بالدمار المحيط،

وبالهدوء القاتل الذي انتشر، مُترصِّدًا ضحاياه، مُصغيًا إلى أنينهم.

قال أبي: كلُّ هذا الصمت! لعلّهم يجهّزون للاقتحام. الآن يجب أن نخرج!

ولم يبلغ أيٌّ منّا الباب، سمعنا قرقعةَ سلاح، وبساطير وأوامرَ حازمة تخرجُ من بين الأسنان. كتمْنا أنفاسنا، ولكن خفقان قلوبنا ارتفع، وظل يرتفع، يتصاعد؛ وكانوا يقتربون، بدأوا الزّحف على الأرض، باتجاه بوابة الملجأ، وصلوها، وظلَّ خفقاننا يرتفع. كم تتحمّل أيها القلب؟ قلتُ للآخر.

- كم يتحمل هذا القلب؟!

اندفعَ أحدهم، وإذا به أمامنا، سدَّ البوابة بجسده، وفتح عين كشّاف قوية. كانت الصخور قد كفّت عن استيعابنا، وقد التصقنا بها أكثر مما يجب، دخلنا فيها أكثر مما يجب، لم يصرخ الصغار. صمتوا ثواني كاملةً، ثم انفجروا.

وصرخ المدجَّج بسلاحه: ملجأ، مدنيين.

وجاءه الأمر: اذبحْهُم!

وكان أبي يختفي ملتصقًا بالحائط الذي يجاور الباب، لم يكن المدجّج قادرًا على رؤيته، المدجّج الذي جاء له الأمر، اذبحهم، فاستل خنجرَهُ اللامع وتقدم كنصف جبل.

واكتفى الرجل ذو الأبناء بضم صغيره، ودون أن يشعر انحنى، وتناول صغيرته الميتة عن الأرض وأخذها بين ذراعيه، وضمّها إلى صدره.

***

لم يكونوا يريدون إطلاق نار، لأن المواقع خلْفنا ستنتبه، وكنا نعتقد أن هناك مواقع أمامنا تحمينا!

انفجرت الصغيرات، الصغار، بالبكاء، وأمسكني المدجّج من

عنقي، عندها لمح أبي هناك، أبي الذي اندفع فجأة باتجاهه، ولكنه فوجئ بفوهة البندقية تنقضُّ على صدره، فارتجَّ، سقطَ. وجَّهَ المدجّج سلاحَهُ إلى أبي وقال: بَطَل؟! سنذبحكم كلّكم وعاد وأمسكني من عنقي.

كانت رائحة طلاء الأحذية تفوح من وجه الجنديّ الذي اختفى خلف خطوط سوداء عريضة.

قال: ابنكِ هذا؟

هزت أُمي رأسها.

- كيف تحبين أن أذبحه، من عنقه أم بطعنةٍ هنا في القلب؟! أم هنا من بين رجليه؟ وكان نصل الخنجر قد أصبحَ هناك بين فخذي! نشفَ ريقي، ونشف دمي، وبدأتْ رجلاي تهتزّان.

سألني: خائف؟!

وجاء الأمر: ماذا تنتظر؟! اذبحْهُم! رفع السكين باتجاه عنقي وقال سأطعنه هنا، وهنا، وهنا!

اندفعتْ أُمي، سحبتني إلى الخلف، فأفلتُّ من يده، انتصبتْ بيني وبينه، وقالت: ستقتلني أولًا!

قال: لا. أنتِ بعدهم!

وسمعنا حركة عنيفة في الخارج، وأوامر: ارفعوا أيديكم أنتم مطوَّقون، وسمعنا قرقعة سلاح يُلقى بعيدًا!

وأدركَ المدجّج في الداخل أن مجموعته استسلمتْ، فألقى سلاحه فجأة، وهبط إلى حذاء أمي: دخيلكم! ثم حبا باتجاه أبي، وقد نسيَ إلقاءَ الخنجر الذي في يده! الخنجر الذي ما إن رأته عيناي حتى بدأتا تدوران وتتحركان حيثما تحرك!

وجاء صوت من الخارج: هل هناك أحد في الملجأ؟!

قلنا: إحنا!!

- هل أصابوكم بأذى؟!

قلنا: لا!

دخل أحد المقاتلين، وكان الرّجل المدجَّج الذي لم يعد مدججًا سوى بخوفه قد اختفى خلْفنا.

وضوء الكشاف يتأرجح تحت أرجلنا، ويشيرُ إليه: هل أصابكم بسوء؟! سألَنا أحد الشباب وهو يجرّه.

قالت أمي: لا.

وكنتُ ارتجف، وأتمنّى أن تقول: آه!

وتحامل أبي على نفسه، ووقف أخيرًا.

وقالَ الشاب: هذا ملجأ خطر، ستجيئون معنا.

ولمحَ الرجلَ ذا الأبناء، متصلّبًا في النصف المعتم يحتضن صغيريه، فانحنى باتجاهه. تناول الصغير، وناوله لأحد الشباب في الخارج، وحين هَمَّ بأخذ الصغيرة، حين لامسَها، أحس بدمها وبعصارات جسمها التي كانت لم تزل تتدفّق.

صرخ: ميتة؟!

قال الرجل ذو الأبناء: نائمة!

- هل قتلوها؟!

صمتْنا.

وقال أبي: قتَلها القصف.

وبدأنا نبكي من جديد. وجدْنا أخيرًا القوة الكافية في أجسادنا كي نبكي، ولم تعد أعيننا جافة، أو شفاهنا، أو دمنا!

***

وبدأنا نخرج، وساعة الرّمل المرتبكة تواصل تدفُّقها الفوضوي تحت نعالنا، وتتكوّم هناك وتعلو في الملجأ.

وقال الصغير في الخارج: أُختي يابا! بعد أن رأى يدَي أبيه

الفارغتين.

وقال أبوه: إنها نائمة، سنعود إليها صباحًا!

تَفلَّتَ الصغير من يد الشاب، وانطلق باتجاه الملجأ فدفعتْ قدماه مزيدًا من التراب إلى داخل الملجأ، وتساقطتْ بعضُ الأحجار الصغيرة: سأبقى عندها!

وارتبك الشباب، حدّقوا في وجوه بعضهم بعضا، ولم يقولوا شيئًا.

***

سنرتبك دائمًا كلّما مررنا من هناك.

***

وسأحسُّ بالهوَّة تتسع، وتزداد عُمقًا.

وستقول أُمي: نحن لسنا خراف العيد!

وستكمل جملتَها بعد سنوات: خَلِّفْ أربعةَ أولاد، وانتظر أن يبلغ البِكْرُ الخامسةَ أو السادسةَ، قبل دخوله المدرسة يعني! وانتظر ما الذي سيحدث: كلُّ قاتل يُسَمِّنُنا لعيد قاتل آخر!

***

أختاي الصغيرتان، قالتا لأبي بإصرار: إنهنّ لن يقبلن بأكل لحم أختهنّ!

وكانت أختهنّ ذات عينين عشبيتين، ولم أكن أحسّ مثلهنَّ بأنها أختي!

قالت الصغرى: أطعمناها العشبَ بأيدينا لتصبح عيناها خضراوين.

وقالت الكبرى: هذه عاشت بيننا، ونامت معنا، وأكلت وشربت من بيتنا، وحين نركض، تركض معنا، وتخاف حين نخاف، لن نأكل من لحمها!

وقال أبي: نحنُ اشتريناها لنذبحها، لا لنؤاخيها!

فبكت الصغيرتان: لن تذبح أختنا!

وأحتار أبي.. كان العيد يقترب.

***

وقالتْ المرأةُ التي رفضتْ أن تأخذ حصَّتها من موزها، الموز الذي قالت لنا أنها حصلتْ عليه بالواسطة، قالـت وهـي تحدّق في الـصغار الذين كانوا يتراكضون في ممر الطائرة: منذُ سكنتُ هناك.

ولم نسألها: أين؟

- منذ لا أدري، منذ نكبة فلسطين، كان يأتي رجل حوله عربـات، عربات طويلة، يدور في المخيم، ويدور، ثم يتوقّف موكبـه، ينـزلُ مـن العربـة، عربتـه الـسوداء، وحولـه الجنـود، حرسـه، ويـشير إلى أحـد الأطفال، فيركضون خلفهْ، يأتون به، يقـف الطفـل أمامـه، يبتـسم لـه الرجل، الرجل الذي يأتي كل عدة سـنوات، يتحـسّس رقبـة الطفـل، ظهره، ثم يُمسكه من قبَّة قميـصه، يرفعـه عـن الأرض قلـيلًا، يُنزلـه، ويطلب منه أن يذهب! ويشير إلى طفل آخـر، ينـدفع الجنـود خلفـه ، يهرب، يدركونه هناك في زقاق، من تلك الأزقة. يحملونه، هكذا كيفما اتّفق، يتفقّده، يجسّه كما جس الأول! تعرفـون، تمامًـا كـما يحـدث مـع القطيع! ثم يترك الطفل يبتعد!

ويغيب الرجل.

وفي صبيحة اليوم التالي تبـدأ المذبحـة، يـذبحونهم دون أن يـسمّوا عليهم!

***

وقال الآخر: لا فرق، الذّبح ذبح، إن سمّوا علينا أو لم يسمّوا!

وقلتُ له: لا تبتعد كثيرًا، نحن وقعْنا، ولم يُسمِّ علينا أحد!

وسألتُ سائق الحافلة المتوقّفة: متى تتحرّك؟

قال: شوي.

وسألته عن الأجرة فقال: اطمئن، لن تدفعوا شيئًا!

فلم أتحسّس جيبي.

قلت له: إننا مدعوّان للاحتفال!

قال: أيّ احتفال؟

قلت: المعجزة الثامنة، لا، التاسعة.

قال: وهل المعجزات قليلة إلى هذا الحدّ؟!

وقلت للآخر حين ملتُ عليه: ما في حرارة!

قال: أنا أكاد أنصهر.

وقلتْ للسائق: كأنَّ الاحتفال لا يعنيك!

وكان صوتُ المحرك يطحن الوقتَ والهواء، وظلّ هو صامتًا.

قلت: نصف هذا الإنجاز، لو تحقق فعلًا لكان الأمر معجزة، ألا يعنيك الأمر؟ ألا تفرح؟!

قال: يا أخي أنا لن أفرح، وأنا لن أرقص في الشوارع، أنتَ مدعوّ، أليس كذلك؟

قلت: نعم!

قال: إذًا أنت الذي عليه أن يرقص، أما أنا فتعنيني هذه، وكان يقصد الحافلة، التي لم تكن حافلةً!

***

أفلتَ الآخر من الرّصيف فلحقته إلى الرصيف الآخر، وقلت له: أين؟

قال سأسأله: هل يعنيه شيء هنا؟!

سألته: مَن؟

قال: موظف البريد.

قلت: اتركْنا من وجع الرأس، قبل قليل منعتني من الذهاب إليه.

قال: أريد إجابة واحدة!

***

- هل يعنيك الاحتفال؟ صرخ في وجهه.

وكان يتصرّف وكأنه نسينا تمامًا.

- أيّ احتفال! أنا يعنيني هذا، وأشار إلى ما حوله.

قال الآخر: أنتَ لا شيء يعنيك، ولو كان المكتب يعنيك لتنبّهتَ بأن هذا الهاتف بلا حرارة!

صمتَ الموظف قليلًا؛ لم ترتفع حرارتُه! مدَّ يده، رفعَ السماعة وزجَّها في أذن الآخر وقال: أنظر، أقصد اسمع، هل توجد حرارة أم لا؟!

قرَّبتُ أذني من أذن الآخر، وكان الخط مفتوحًا، قابلًا لأي رقم سوى أرقامنا!

قال لي الآخر: أدر القرص بسرعة!

أدرته.

ولم يكن هناك أحد!

سحب موظف البريد الهاتف منّا، حدّق فينا لحظة، ثم أدارَ ظهره.

قلت: لو اتصلنا من هناك قبل السفر!

قال الآخر: لا تجلدْ نفسك، إننا نتصل من هنا ولا يسمعوننا، فكيف كانوا سيجيبون لو هاتفناهم من هناك؟!

خرجنا، وكانت مكاتب الشركات صامتة، ومضاءة!

***

لم نكن قد وصلنا الشارع حين صَفَّرَتْ قذيفةُ الهاوتزر، لم نكن قد وصلنا، حين انفجرتْ، حين أخذنا الأرض، وحين وقفنا، حين حدَّقْنا في العتمة خلفنا، صرخ الرجل ذو الأبناء: قتلوها!

وعاد يركض إلى الملجأ، إلى الملجأ الذي لم يعد ملجأً، إلى الحفرة، راح يحفر بيديه ويصرخ: قتلوها!

كانت الساعة الرملية قد انفجرت، وهوت.

***

قالوا له حين انحنى ليحملها معه: اطمئن نحن سندفنها.

وحين قال: أريد أن أعرف قبرَها.

قالوا: لا عليك، اذهب بابنك الآن، ضعه عند أيّ أناس تعرفهم، وعُدْ، ستجدنا هنا، وسندفنها معًا!

***

وقال له أبي وهو يشدّه: لم يقتلوها الآن!

وكانت الأرض سوداء، وليس ثمة باب يؤدي إلى شيء. قِطَعُ الزجاج المحطّم تتحطّم أكثر تحت أقدامنا، وأثاث وأبواب لا يعرفُ أحد كيف وصلت هنا وانتشرت؛ وباب الملجأ رائحة لحم محترق وبارود، كان.

وعاد الليل أكثر حلكة، وأكثر صمتًا.

والرجل يهذي: قتلوها!

وعبثًا يحاول أبي إفهامه، لم يقتلوها الآن.

***

وقالت المرأة الجالسة بجانبنا: لن تقوم القيامة قبل أن يأخذ كل حصته من لحمنا!

وقالت: قلبي على خراف العيد هؤلاء.

سألتها: هل تعرفين أُمي؟!

فقالت: مَن أمّك؟ ولماذا تسألني؟

قلت: دائمًا كانت تقول: كلوا يا خراف العيد، وتُقسم أنها تُسمِّننا لهم، ستقابلينها لا بُدّ.

قالت: الأُم تحسُّ بقلبها.

***

وكنا نبتعد، نبتعد في سكون أَطبقَ على العتمة، سكون مضيء بظلامه، حيث تختفي الطُّرق والواجهات والأنوار الصغيرة وسيارات التاكسي والحافلات، وكنا نسير ولا نسمع وقْعَ أقدامنا، أثيريين، نتحدّث بلا شفاه، ولا نرى بعضنا بعضًا. حين رنَّ جرسُ هاتفٍ بدا عملاقًا، أكبر من رنين أي هاتف سمعناه، رجَّ الأفق من حولنا، أحسستُ بيدٍ تهزّني، التفتُّ لم أرَ شيئًا، ولكنني لمستُ جسمًا غامضًا، قلت: سماعة هاتف!! وضعتُها على أذني، فجاء الصوت من الطرف الآخر: حمدًا لله على سلامتكما، هل أتعبتْكما الرحلة؟! الأولاد، الضجة، النساء؟!

قلت: لا، لم تتعِبنا!

وقال الآخر: لا.

التفتُّ إلى الآخر، حيث صوته، لم أره! ولكنني قلت له: إنه يسألني!

فقال: ويسألني!

واكتشفتُ أن الصوت مسموع بالنسبة له أيضًا.

قال: نحن ننتظركما.

- أين؟

وسألَ الآخر: أين؟

قال: ستعرفون المكان، اطمئنّا، تصرّفا كما لو أنكما في بيتكما، لتكن هذه الليلة لكما!

***

بحثتُ عن الآخر حيث كان، بأصابعي، وحاولتُ أن أشدّه باتجاه شركات الطيران، حيث الضوء. اصطدمتْ يدي بيده بعدَ متاهة، ارتجفتُ، خُيّل إلى أنني أقبض على يده المبتورة، يده التي لم تعد مبتورة!

- أي جنون هذا؟

ومددتُ يدي إلى الهوّة.. تذكَّرتُها فجأة، قلت ربما اختفتْ، ربما، ولكنها كانت أكبر مما كنتُ أتخيل!

***

قالت لي وهي تحاول أن تتجنَّبني ما استطاعتْ: قـد يكـون هنـاك حَمْل؟

وقلت: كيف، ألم تأخذي احتياطك؟!!

قالت: أنت تعرف، كـل شيء تـم فجـأة، الـصواريخ، مـن كـان يُصدّق أنك ...؟ أقصد ....!! ولكن اطمئن، أضافت، سنجد وسيلة تُخلِّصنا منه إن كنت لا تريده!

قلت: ليس ثمة ضرورة لأولاد يُذبَحون هكذا أمام أعـين آبـائهم! ليس ثمة ضرورة لتكرارنا، تكرار المذبحة فيهم والهزائم، سيأكلوننا بأسنانهم حين يكتشفون أننا ألقينا بهم ضحايا إلى هذا العالم!

أمي لم تكن تقول ذلك، كانت تـصرخ بي: لم لا تُنجبان، آه؟! هـل تخاف عليهم من المذابح، آه؟! هل تريد أن تقول لي أنكم قادرون عـلى أن تحبوا أولادكم أكثر مما نحب أولادنـا، آه؟ شـوف، إنّ أفضل مـا يمكن أن يفعله الفلسطيني أحيانًا، أن يُنجِب، فاهم!

***

أما هي، فقد جلستْ على حافة السرير وكنتُ واقفًا.

قالت: كما تريد!

وغابتْ، وحين عادت كانت صفراء، وقالتْ اطمئن: لـن يذبحـه أحد، لأننا ذبحناه بأنفسنا!

وأجهشتْ: لماذا يذبحه الآخرون، ما دمنا قادرينَ على ذبحه؟!!

قلتُ لها: أريد علامةً واحدة تدل بوضوح على أننا لم نزل على قيـد الحياة؟!

فبكتْ!

***

وقالت لي المرأة الجالسة إلى جواري في الطائرة: حكاية الرجل ذي السيارة السوداء، تؤرّقني؛ لو متُّ، لو لم أرها، هل ستحدث أيضًا؟!

***

وقلت له: لقد ملأوا قاعات شركات الطيران بصورهِ.

قال: مَنْ؟

قلت: هو، هل يمكن أن تُعلَّق صورُك هنا، أو صوري؟!

قال: ولِمَ لا، ألم تَنشر الصحف صورنا صباحَ اليوم، ألم تقل إننا غادرنا للمشاركة في الاحتفال؟!

قلت: ولكن الصور - أعني صورهُ- ليست هناك، أقصد إنه ليس في صورهِ، ليس داخل الإطار!!

وحاولتُ أن أشدّه من يده، يده التي خُيِّل إليّ أنّها لم تعد مبتورة، وكنتُ خائفًا!

***

كان يئنُّ بصمت، غير قادر على فتْح عينيه.

قال لي فيما بعد: كنتُ خائفًا من أنيني. خائفًا أن أفتحَ عينيّ!

وقال: كنت سأُسلِّم نفسي لهم ببساطة، بعد كل هذا العذاب الذي لا يُحتمل!

وحين ابتعدتُ به، وكانت الألوان كلّها قد اختلطتْ فيه، سألني برعب: أين يدي؟!

وانفجرتْ في جسده قوةٌ مجنونة، وراح يركض عائدًا! أمسكتُه هناك بين القتلى، وحملتُه هذه المرة على كتفي، ولم أعرف من أين أتتني القوة فجأة؛ حين خطرتْ لي الفكرة، تعبتُ!! أنزلتُه، ولم يكن هناك من يجرؤ على إطلاق النار عليه وعليَّ، كان ثمة لجان تحقيق ومصالحة كثيرة قد وصلتْ، وسدَّتْ بحضورها، أحيانًا، فوهات البنادق، البنادق التي

ما فتئتْ تحدّق في عيون بعضها بعضًا بكراهية شديدة، في حين اصطفّت دبابات ملطخة بالوحل، اصطفّت هادئة مثل أبقار في ظهيرة مشتعلة، تَجترُّ القتلى.

***

قلت: ما داموا يعرفون أننا هنا، فنحن في أمان!

هزّ رأسه موافقًا، وكنا اقتربنا من عمود كهرباء طويل.

فقال: ولكن الذي يحدث الآن جنون!

وهيئ لي أنه لوّح بيده المبتورة في الهواء.

سألتُ: هل حرّكتَ يدك هذه؟! -ولم أكن أُحب أن أصفها بالمبتورة- هل حرّكتَ يدك، أقصد هل لوَّحتَ بها؟!

قال: كيف عرفت؟!

قلت: أحسستُ بها.

قال: عادةٌ قديمة!

وسِرْنا كقتيلين حتى بلغْنا الحافلة.

فسألني: ولكن كيفَ رأيتَها؟!

***

قلت: إنني لم أرها في البداية، رأيت رمشًا يتحرّك!!

فأكّد لي أنني جريء: إنَّ من يُحدِّق في عيون القتلى لا بدّ سيكون جريئًا.

قلتُ: إنني كنت أحدِّق في الحفرة، ولم أكن أعتقد بحال من الأحوال أن عينًا ستُفْتَح، سترمشُ، وتعود للانغلاق!

وقلت له: كان يمكن أن أصدِّق ما قرأته مرّة، في مجلة، عن حركات لا إرادية تصدرُ أحيانًا عن الموتى، ولكنني لم أُصدق. لم أصدق ببساطة. لأنك لو سألتني لماذا لقلتُ لك: إنني رأيت في النظرة شيئًا من الحياة، لمعان حياة!

قلت له: هذا ما رأيته.

وقال لي: لو غطى رداءُ قتيلٍ عينيَّ بمحض الصدفة لما استطعتُ رفْعه!

وقال لي: كان هناك في الحفرة ازدحام لا يُحتمل!

***

- انطلقتْ السيارة باكرًا. كان لمحركها أنَّة عويل، دارتْ في الطرقات، كانت تجمع رُزم القتلى! القتلى الرّابضين في البطانيات، بطانيات وكالة الغوث! السوداء!

وسألته عن الأَسوَد الذي تتراكم عليه الألوان، مِنْ ذلك اللون الدّموي، إلى ما تنزّه الجراح من عصائر صفراء، وخضراء، وبرتقالية، سألته: ماذا نسميه؟

قال لي: لم أكن هناك في جسدي حين كنتُ في البطانية، بطانية وكالة الغوث التي استلمناها لنُغطي بها أجساد أحيائنا، لا أشلاء موتانا!

وقال: إن الذي منحَني القدرةَ على الصمود، أنين محرّك السيارة، رغم أنني اعتقدتُ في البداية أن هذا الصوت صوت الملائكة!

وقال: إن الملائكة بلا محركات بالتأكيد! ولكنني حين سمعتُ عويل الناس قادمًا من كل مكان، من اللامكان، فتحتُ عينيّ. وكانت السيارة مزهوّةً بصندوقها المُتْخَم.. اللحمُ يتماوج، تتدحرج أعضاء، جثث، وترتطم بالحديد. وفجأة عمَّ الصمت، وبدأت السيارةُ تنزلق في هوَّة الكون ناعمةً، فأغمضتُها، دختُ. كانت تعرف طريقها. اختفى العويل، وأحسستُ بأنها مربوطة بخيوط من النايلون، مثل عرائس الدُّمى، وأنها لم تعد حديدًا ومحرِّكًا، أصبحتْ أثيريةً. وتصاعد هذا الحسّ في داخلي حين رأيتُ صندوقها يصعد، ويصعد، ويصعد، وانفجرتْ الضجة ثانية، صحوتُ، لا، عدتُ، فعرفتُ أننا في صندوق

سيارة قلّاب، وأن ذراعها الأملس، ذراع صندوقها الأملس الوحيد، يُطوِّحُ بنا إلى مجرّة مجهولة!

صمتَ، وبدا لي أنه يستمع إلى صوت ما، صوت سرِّيّ.

قلت: ما لكَ؟

وخزني في خصري، من جهة يده المبتورة، التفتُّ بسرعة، لم أرها!

وأشار إليَّ بصوت عميق: إششْشْ! أن أصمتَ، ومرتْ دقائق ثقيلة.

سألني: هل تعرف كلمة يمكن أن نُطلقها على ذلك الصوت الذي يصدر عن ارتطام لحمَيْ قتيلين؟!

قلت: لا.

– وما الاسم الذي يمكن أن نطلقه على الصوت الذي تُحْدِثُه الرصاصةُ وهي تمرُّ في الجسد،أو تلامسه من الخارج وتبتعد؟! لصوتها في الهواء اسمٌ. ولكن ما أسم صوتها في اللحم؟!

***

وكانتْ السماء شبكة نارية ينسجها الرّصاص المتقاطع، حين وجدناه هناك جارنا الصغير الذي يُصُّر على استلام مدفع (آر. بي. جي)!

– هل تستطيع الرّمي بالـ (آر. بي. جي)؟!

– أستطيع!

– ستتهشّم أضلاعُكَ من حَمْلِهِ، فكيف من إطلاق قذيفته!

– طب اِعطوني كلشن، مسدس!

وقالت له أمي: وينك؟!

فسألونا: تعرفونه؟!

وأجبنا: نعم.

صرخوا: ماذا؟!

كانت أصوات الانفجارات لا تتوقف.

قلنا: نعم.

قالوا: خذوه معكم.

وقالوا له: حين نحتاجكَ سنأتي إليكَ فورًا، اطمئن!

وقالَ أبي: المسدس!

تذكَّرَهُ.

***

كان القبو أسفل تلك البناية، البناية التي قرر صاحبها على طرف المخيم، أن يُحاكي بها ناطحات السحاب! كانت بلا أعمدة، وبلا جسور! بناية كبيرة، عملاق دون هيكل عظمي، بطوبها المعفَّر، وشبابيكها الصغيرة، التي لم تَعُدْ صغيرة، التي اتّسعتْ، الشبابيك التي تنفّستْ دخانَ الحرائق وجمَّعته في الغرف والستائر ذات الألوان المتعددة في آخر المزراب المُنْحَدِر من السطح، المزراب المبقور في موضعين، في آخره تمامًا.

العجوزان اللذان يسكنان القبو، أفسحا المجال لكلِّ من طلب الدّخول. بابهما المُغْلَق دائمًا، انفتح فجأة.. كانا خائفين، وحين دخلنا في عتمتهما لم يعودا كذلك!

وسيضحكان.

وسيحمل الرجلُ ابنَه الصغيرَ، ويركض، وقد أصبحنا قرب الأزقة؛ يركض عبرها، الأزقة. ولم يكن من الممكن أن يطالَهُ الرّصاص؛ فاحتمالات القذائف القاتلة أقلّ هنا، وسط هذه المكعبات.

أفسحتْ العجوز المكانَ لنا. وكان لها صدرٌ كوني يتدلّى دافعًا ثوبها إلى ما تحت خصرها، خصرها الذي يحيط به حزامٌ هائل، الحزام الهائل الذي يندلق صدرُها فوقه.

وتساءلتُ: هل من الممكن أن يكون كلّ هذا صدرها؟!

ولم يتساءل معي أحد، وربما تساءلوا.

ولكن أُمي كانت تعرفها.

في حين قال أبي: إن زوجها قريبنا.

وكان يناديه: عمّي.

فناديتُ المرأة: عمّتي!

وكان زوجها نحيلًا جدًا، قصيرًا، يلمّهُ حزامٌ جلديّ بُنّي، من أيام فلسطين، ربما! انحدرتْ حطته البيضاء مُصْفَرَّةً فوق كتفيه، كتفيه اللذين يرفعان القمباز[1] الذي يستره، كمشجبين متجاورين، أكثر مما هما كتفان!

***

وكنت أَهزُّه من كتفه، كنتُ أصرخ، وصرخ جنديّ ابتعد، وسحبَ أقسام بندقيته، وكان الناس يبحثون، ويسدُّون أنوفهم.

- إنه حيّ!

وقال لي الآخرُ بعد ذلك: أنت تكذب، أنت كنتَ بيننا!

قلت: ولماذا أكذب؟!

قال الآخر: لتثبتَ لي شجاعتَكَ، أنتَ كنت بيننا، إن رائحة حياة كانت تهبُّ قربي، رائحةً مرتجفة، وكان دفءٌ! القتلى يفارقهم دفءُ دمهم، حين يتأكد دمهم أنهم ماتوا! وأنت كنتَ هناك.

ولم أنف أنني كنت هناك. ولكن خارج الحفرة!

***

وأبي خرج، غادرَ القبوَ فورًا، اكتسبَتْ قامتُه هيئةً عسكرية، وأحسستُ أنه يستعيد ذكرياته، ذكريات بندقيته التي لعْلَعَتْ في فلسطين.

---

[1] - ثوب الرجال القرويين، كالدّشداش!

قال: هل تحتاجون شيئًا من البيت، سأذهب لإحضار المسدس!

أمي طلبت أشياء كثيرة، لم تكن هناك.

وعندما قالَ لها: هل يوجد لدينا شيء من هذا؟

قالت: ربما، دوِّر!

وسألني جارنا الصغير: لديكم مسدس؟!

نسيَ قهره دفعة واحدة.

قلت: آه، بريتّا!

قال: البريتّا قويّ، بس مُعَقَّد!

ولم أسأله كيف عرفتَ، كنتُ أعرف جوابه!

الإذاعة، إذاعتُنا وجَّهتْ نداءها، طلبتْ من كل رجال الميليشيا، الالتحاق بمواقعهم.

وقال جارنا الصغير: أنا كنتُ ميليشيا!

قال له أبي: أنت كنت شبلًا.

فقال: الشِّبل ميليشيا!

قال أبي: الشِّبل شبل.

وقالت إذاعتنا: "يا جماهير أمتنا العربية الخالدة، إن المذبحة..."

وقال لي جارنا الصغير: شو يعني يا جماهير؟!

قال له أبي: يعني الناس، العرب في كل مكان من الخليج إلى المحيط!

وسألني: لماذا لا يردُّون على ندائنا؟!

فقلتُ: لأنهم بعيدون ربما، لأن إذاعتنا لا يسمعها إلّا من كانَ قريبًا منها!

وقال: وما الذي ستفعله الجماهير؟!

قال أبي: تتظاهر، تحرق الأرض تحت أقدام زعمائها!

وقال جارنا: منذ أيام والإذاعة تطلبُ منهم أن يحرقوا الأرض؟!

فقال أبي: ربما ستهبُّ الجماهير، ربما ستحرق الأرض، ربما...

***

عاد أبي. لمحتُ المسدس عندَ خصره. ناولَنا أشياء كثيرة غير ذات فائدة أحضرها من البيت.

وقالت أُمي: ما الذي سأفعله بطنجرة كبيرة كهذه؟ كل ما لدينا من طعام لا يملؤها!!

وكنا لا نستخدمها إلّا إذا جاءنا ضيوف.

ولمحَ جارنا الصغير المسدس فجنَّ، هتف، أُريد أن أراه!

فقال أبي: المسدس خطر.

قال: أراه فقط!

أخذ أبي نفسًا عميقًا ثم سحب المسدس من تحت حزامه: ها هو، استرحتَ؟!

- أريد أن ألمسه فقط، لم أكن أتصوّر أنه هكذا!

قلتُ: ألمْ تقل أنكَ تعرف البريتا، وأنه مُعقّد!

قال دون أن يرتبك: البريتا الذي أعرفه يختلف عن هذا!

وكانت أُمي تحدّق في المسدس خائفة؛ أمي التي اشترطتْ على أبي حين اشتراه، ولم يكن يعرف بأمر المسدس سوانا، أنا وهي، أن يضع الرصاص في جهة والمسدس في جهة، حتى لا يعبئه الشيطان!

قال: دعني أحمله، للحظة.

انتزع أبي مشط الرصاص، فأنشدَّتْ أعصابُ كل مَن في الملجأ.

وقال جارنا الصغير محاولا ثنيَ أبي عن فعل ذلك: لا، لا داعي لذلك، فأنا ميكانيكي! ولكن الأمر كان قد تمَّ.

هزَّ رأسه كخبير أسلحة، ثم أعاده إلى أبي.

قال: مسدسٌ جيد، جيد فعلًا!

وقال لي أبي: منذ الآن أنتَ تُطعمُهم، وأنا أحميهم!

***

وكنت أمرُّ بجانبها خائفًا، لم تعد حفرة، لم تعد ملجأً.

وقال الرجل ذو الأبناء: إن الطبيب الشاب أُغميَ عليه، وهو يحاول ردّ الأمعاء إلى الداخل، وإن الممرضة هي التي خاطت الجرح، الجرح الذي انفجر من جديد، حين بدأت الصغيرة تسعل، حين تدفّق الدم من فمها، وإن الممرضة قالت: ليس لدينا شيء!

وأكمل الهاوتزر المهمة.

وقلت: كان يمكن أن تَعْجِنَّا القذيفة لو لم نخرج من الملجأ.

وأحسستُ فجأة بتعب شديد.

***

وقلت: أُريد أن أنام.

وكان هدير محرك الحافلة يجأر. وكنا فوقهُ تمامًا.

صعدَ رجلٌ إلى الحافلة، سألناه عن الاحتفال، فقال: تذهبون إلى الحج والناس راجعة!

***

اضطرَّ سائق التاكسي أن ينهض حين وصلنا إليه، ولكنه لم يتحرّك باتجاه الصندوق، الصندوق الذي بقي مُغْلَقًا.

قال: ضعوا الحقائبَ هنا. ووضعناها إلى جانبنا في المقعدين، وأخذ مكانهَ خلف المقود، وابتسم من تحت شاربه الدقيق، فسطعتْ أسنانه في الظلام. ومرّتْ عربة من الجهة المقابلة، فازدادَ لمعان أسنانه! للحظة كان كلّ شيء واضحًا تحتَ الضوء إلّا مصيرنا، مصيرنا المبهم كالشوارع المظلمة - المضاءة التي نخترقها، دون أن نعرفها.

قال السائق: كنت أعرف أن الحافلة لن تتحرّك، وأنكما ستنزلان آخر الأمر للتاكسي. كنت أعرف أنكما لن تصبرا!

سألتُ: ولماذا لا تتحرّك الحافلة؟

قال: كيف تتحرّك حافلة براكبين أو ثلاثة؟! هذا هَدْر للوقود!

ولم أقل له: إن محرك الحافلة يجأر من ساعات!

قال: الذي كنتُ متأكدًا منه أنكما ستنزلان، وتأتيان إليَّ مُتْعَبَين!

ولم أجرؤ أن أقول له: إن سائقي الحافلات متّفقون مع سائقي التاكسيات. ولكنني سألته: النساء اللواتي عبرن الشارع بأطفالهنّ، هل ركبن الحافلات أم التاكسيات؟

فقال: إنه لا يدري، إنهن قطعنَ الشارع فقط!

وفجأة أحسستُ بحفيف أثوابهنَّ السوداء، على الإسفلت الأسود، الأثواب التي تخترق الليلة السوداء.

وقلتُ للآخر: كنتُ أعتقدُ أن وشّةً ما تملأ أذنيَّ منذ المطار، منذ الطائرة، والانخفاضات الجوية، منذ الصعود، منذ الهبوط.. وَهْمٌ. أنا لم أكن أسمع إلا حفيف أثوابهنّ!

***

وقال لي: قلتُ لك، إن رائحة حياة كانت تهبّ، لم تصدّقني. وقلتُ لك، إنك كنت هناك ولم تصدّقني. وقلتُ لك..

***

أعلن السائق غضَبه. انفلتَ بياض أسنانه مُسْفِراً عن التماعةٍ مجنونة، وأحسستُ بيديه تفتّتان المقود، ثم طرق (التابلو) أمامه وقال: أنتما سألتماني عن ذلك خمس مرات!

قلت: يا أخي أنا سألتُ مرّة!

وقال الآخر: وأنا مرّة لأتأكد!

وقال السائق: لا، أنتما سألتما خمسَ مرات!

وقلت: ليس من المعقول أن تعملَ بين المطار والمدينة، وتجهل أمرَ الاحتفال بالإنجاز العظيم!

فقال: كل إنجازاتنا في هذا البلد عظيمة!

ثم صمتَ، وقال: لا تسحبني من لساني، إن سؤالك عن الاحتفال يبدو لي كمن يسأل عن شخص اسمه محمّدين في القاهرة!

***

قال لي الآخر: لماذا نذهب؟

قلتُ: لنرى بأعيننا أن ثمة شيئًا ما، ما زال حيًّا!

قال: لقد رفضتَ الدّعوة أكثر من مرّة لزيارة هـذه المدينـة وكنـتَ تقول لي: إنهم طغاة، أنصاف طغاة، أرباع!

قلت: الموتُ الذي خلْفنا، المـوتُ المُصَوَّب إلى أعناقنـا غـيَّر كـل شيء، طغاة لا يهم، أنصاف طغاة لا يَهُم، نريد معجزتهم!

وقال: علينا أن نأكل الأجنحة التي نُحلِّق بها دائمًا، الأجنحـة التـي قلنا إننا سنحلّق بها!

وقال لي: ليس للطغـاة معجـزات، مـا دامـوا يـدفعوننا إلى ازدراد أجنحتنا!

***

قلتُ: أنتَ غاضب الآن.

قال: وأنت مضروب على رأسك.

***

ضربتُ على رأسي، قلتُ: هل تعتقد أن مسألة التذكرة ..؟

لم يتركْني أُتمّ، كان قد أصبح نزقًا.

- أية تذكرة؟

قلت: تذكرة السفر، هل نسيتَ أننا لا نملك تذكرة إياب؟!

قال: لا، لم أنسَ.

قلت: هل تعتقد أنها مصادفة؟

سأل: ما هي المصادفة؟

كان شبه غائب للحظة.

قلت: التذكرة يا أخي، التذكرة!

قال: لا أدري، ربما تكون مصادفة، وربما لا تكون.

قال السائق الذي يبدو أنه متابع لحديثنا: على أي حال، البلاد بلادكم وتستطيعون البقاء هنا إلى الزمن الذي تريدون! لا أحد سيعترض، ولن يسألكم أحد الذهاب أو الاستمرار في الإقامة! هذه البلاد أصبحت الآن بلادكم ما إن وصلتم، وليس لأحد الحقَّ في إخراجكم من هنا، فاطمئنوا!

وفجأة تحوّل السائق إلى رجل طيب.

قال: هذا فندق جيد، تنامون هنا، وفي الصباح تتّصلون بهؤلاء، ما اسمهم؟

قلت: لجنة المهرجان.

***

وهناك، في المدينة الصحراوية، كانت الشوارع مضاءة على غير ما رأيت في حياتي. الحقيبة في يدي، بنايات عالية تكسرُ العنق إذا ما أصرَّ المرء على متابعة أعاليها! سيارات حديثة، وجوه من مختلف الجنسيات. بين لحظة وأُخرى كنت أتوقّف، أحمل الحقيبة باليد الأخرى، وحدي أصعد الدّرج، درج أحد الفنادق، يهزُّ موظف الاستقبال رأسه، أهبط الدرج، وأصعد آخر، يهزّ موظفُ استقبال آخر رأسه، الرأس نفسه!

يسألني في النهاية أحدهم: ما مطلبك؟

قلت: غرفة بسرير.

قال: لديّ غرفة باثني عشرَ سريرًا!

شهقتُ: 12!

قال: 12، ألستَ مُدَرِّسًا.

– نعم.

– اطمئن إذًا، المهم أن ترتاح. ليلة واحدة لن تضرّك!

أوشكت أن أعتذر، سرتُ خطوتين، عدتُ، اتفقنا. ثم عدتُ ثانية. قلت: لم تعطني المفتاح!

قال: الغرفة مفتوحة!

***

عشر عيون على الأقل حدَّقتْ بي، ردَّتْ التحيَّة بكسل واضح. الرؤوس فوق المخدات، محاولةُ نوم، محاولةُ إغفاء. عاريًا كنت فوق بلاط الغرفة، الغرفة الطويلة كمزارع الدجاج، حتى قبل أن أخلع ملابسي! الغرفة المطلّة على إعلانات الرّوثمان والكاديلاك، وجنرال موتورز، والمالبورو، والتويوتا، والمرسيدس، و..

وكنت تعبًا، وخجولًا، وللحظة اكتشفتُ أن عليَّ خلْعَ ملابسي للمرة الأولى في حضرة كل هؤلاء الذين لا أعرفهم.

وكانت المروَحةُ تدور، مروحة عملاقة تتدلّى من السقف، وتدور.

***

قال لي: سَفَر ما في.

قلتُ: وعمل ما في!

قال: أُعطيك الجواز في حالة واحدة.

قلت: ما هي؟

قال: تغترب، تذهب إلى الخليج، تُدَرِّس! أنتَ تعرف أننا نحبُّ أن تكون بيننا، ولكن مصلحتك مهمة لنا أيضًا، كمواطن يعني!

ولوَّح لي بجواز السفر، الجواز الذي أخرجَه من دُرْج مكتبه. الجواز الذي فرحتُ أنني رأيته أخيرًا، وأنه لم يزل على قيد الحياة!

- إذا جئتَ بعَقْد العمل، أسمح لك بالسفر إلى هناك، هناك فقط!

ولمْ أدرِ أنه نفسه الذي منحني هذا العقْد! لم أدرِ، إلى أن رأيته هناك في لجنة المقابلة، بشاربه الأنيق لرجل أمن يحاول أن يبدو عصريًّا!

ضحك، وقال لي: لقد اثبتَّ أنك أكثر ذكاء من زميلك أحمد

الصّافي![2]

***

وكان الجو قد تعكَّر تمامًا، تأخرت الطائرة ساعتين، وكانت القاعة ممتلئة، وخشيتُ ألّا تتّسع لكل هذه المخلوقات الصغيرة، وتحدثتُ عن حاجز الصوت، والأولاد..

فقال لي: إنه سمع هذا الكلام من قَبل!

وحدَّثته عن الألوان فقال: إنه سمع هذا الكلام أيضًا!

وبدا لحظة فاقدًا صبره.

جلسنا وجلس رجل الأمن في المقعد المحاذي لنا، وحاولَ أن يبدو أنه ليس رجل أمن، فاكتشفنا أنه رجل أمن! وكانت الطائرة في الحقيقة آمنة. والمضيف كان آمنًا، وقادرًا على إدارةِ شؤون هذه الرّقعة المُحَلِّقة من الحديد والبشر، حين قال: إن الممنوع ممنوع!

وقلتُ للآخر حين جلسنا: جملته قاطعة.

- لم يقل هذا حرام! قال.. هذا ممنوع! هل الممنوع أكثر قوة وقطعًا من الحرام؟!

أطفئتْ تلكَ الأضواء المُتَعلِّقة بالأحزمة والتدخين، وأصبح بإمكان البشر أن يتحرّكوا. حملتُ حقيبتي الصغيرة، ذهبتُ إلى الحمام؛ انتبه رجل الأمن، رجل الأمن الذي يحاول أن يبدو لي أنه ليس رجل أمن!

ولم أسألِ الآخر: هل يحبون الحرية، حين يرتدون لون السماء، وكان قميص رجل الأمن سماويًّا، مقتطفًا من سماءٍ بلا غيوم!

***

بين أن يكشفَ نفسه، أو يتركَ الأُمورَ تأخذُ مجراها، أحسّ بأن عليه

[2] - أحمد الصافي بطل رواية (عَوْ)، للمؤلف!

أن ينهض.

قلت: لقد أصبحوا يذهبون إلى الحمامات حسب مواعيدنا! ولم أضحك لأنني كنت بدأت أخاف مُقدَّمًا مما يمكن أن تصبح عليه ضحكتي بعد لحظات!

تباطأتُ في الممرّ، وكان الأطفال يشدّونني من ملابسي أحيانًا. ثم توقفتُ فجأة فاصطدمَ بي!

وقال: إذا سمحت يا أخ!

فَسَمَحتُ له، تصوَّر!!

ثم توقّف، أمام باب الحمّام. وصلتُ إلى مؤخرةَ الطائرة، حيث يجب عليَّ أن أندسَّ هناك بمؤخرتي، وهواجسي!

وكان واقفًا.

قال لي: تفضّل!

وكانَ قلبي يخفق بشدّة، مما أنا مُقْدِمٌ عليه.

قلت: لا، أنت سبقتَني.

وقال: أبدًا، أنتَ سبقتني، أنا تجاوزتكَ في الممرّ.

ولم يكن بأي حال قادرًا على الدخول. وترْكي هكذا حُرًّا في الطائرة، فقال: إن لم تدخل أنتَ، لن أدخل. هذه مسألة مبدأ!

وقلت: وأنا المسألة لديَّ مسألة مبدأ أيضًا!

عدنا! وجلسنا في مكانينا، دونَ أن ندخل الحمام! وأحسستُ أن راداراته كلّها بدأتْ تعمل دفعة واحدة.

***

أما عيونهم، أولئك الذين انتشروا في غرفة الفندق الواسعة، فإنها لم تفارقني.

قلت: لو يبتعدون قليلًا بها.

ولم يبتعدوا.

***

خلعتُ القميص أولًا، كنتُ أدرك أن قميص المنامة طويل، وأنني حينَ أرتديه سيغطي نصفَ ساقيَّ، ثم أخلع البنطال، وللحظةٍ انفجرتُ ضاحكًا! فارتبكوا.

وتذكرتك بينَ القتلى، قلتُ: ما على القتلى حَرَج، وكانت أجزاء أثداء، وسيقان، أعناق، وأعضاء تناسليّة طليقة من نفسها، ومن كل قوانين الحلال والحرام!

دفعتُ الحقيبة تحتَ السرير، دسستُ جواز السفر في جيب المنامة، كان الجواز أيضًا (ونْ وي) أتصدِّق؟! كالتذكرة، هذا ما اكتشفته فيما بعد.

- ماذا كنتُ أقول، آه، دسستُ الجواز في جيبي، كذلك النقود، واستلقيتُ، ولم يعودوا للتّحديق بي.

استداروا برؤوسهم هناك بعيدًا، ليس إلى حائط الغرفة، لا، أداروا وجوههم إلى حائط كونيّ، لم يكن حائط الغرفة أبدًا، وناموا..

***

رغم ليلة القذائف تلك، رغم مطرها الناريّ المجنون، ناموا قبل النوم، قال الرجل العجوز: يريدونَ حسْمها الليلة!

وحين تجاوزت الساعةُ منتصفَ الليل، كان الصمتُ قد أطبق علينا، صمتُنا، بعد ما قاله عجوزنا! صمتٌ عنيف. لم يقطعه سوى صوت المطر الناريّ، ونهيُ أمي لأختيَّ الصغيرتين عن البكاء بعد شجار: سأتركهم يفعلون بكنّ ما فعلوه في بطن الصغيرة!

فهبَّت عاصفة في وجه أُمي أطلقتْها العجوز. لم تصدِّق أنه يمكن لأم أن تهدد أبناءها هكذا. وكانت بلا أبناء!

ثم هدأتْ، ولم تهدأ عاصفة القذائف.

قالت العجوز: لو كانوا يستطيعونَ لفعلوها.

وفهمنا أنها تردّ على مسألة الحسْم التي أطلقَها زوجها.

ونمنا.

ولم ننم.

كنا متعَبين.

أغمضنا عيوننا. أغمضتُ عينيّ. لكزني جارنـا الـصغير، تنبّهـتُ.

قال: فقط لو كان معي (بريتا) مثل ذلك الذي مع أبيك!

قلت: وما الذي كنتَ ستفعله؟

قال: كنتُ حسمتُها!

قلت: ألستَ متعبًا؟ نم.

قال لي: من ينام، إذا قُتِلْنا، على الأقـل، أريـد أن أعـرف قـاتلي، يـا أخي هذا حقّي!

***

وسأل موظف الفندق: غرفة بسرير أم بسريرين؟!

فحمدتُ الله أن ليس لديه من الغرف ذات الإثني عشر سريرًا!

قلنا معًا: غرفتين.

فقال: الجوازات إذا ممكن!

***

وقال لي موظف مديرية التعليم: الجواز إذا ممكن!!

قلت: أُريد أن يبقى جوازي معي.

سأل: لماذا؟!

قلتُ: فقط ليبقى معي، لأنه جواز سفري أنا!

ولم أقل له إنني فارقتُ هذا الجواز عدة سنوات قبل أن ألتقيه ثانية.

فقال: الجواز إذا ممكن!!

ولكزني رجل جهْم خَلْفي، فقدَ الـصبر، يبـدو أنـه أدمـنَ الطريـق الصحراويّ عمرًا.

- أعطه الجواز، كلنا نعطيه إياه، كل المدرِّسين، كل العاملين!

فقال الموظف الصحراوي: انتظر هناك، نتفاهم بعد قليل.

ولم يحدّثني إلّا في الرابعة مساء. ولكنني لم أكن أسمح لنفسي أن تفقدَ صبرها، فهذه الحركات اعتدتُها!

قبل أيام حنّطوني هناك من الثامنة حتى الثانية، مع نصف سكان البلد في القاعة!

وقَبْلَها، عشرات المرات.

وكان الجواز في يدي يتصبّبُ عَرَقًا!

***

ناولته إياه، وناولَهُ الآخر جوازه، عبأنا الورقتين بتفاصيلنا الدّقيقة.

ثم ناولَنا مفتاحَي الغرفتين، ولم ينادِ على أحد ليحمل حقائبنا، ولم نتوقع ذلك!

انحشرنا في المصعد الكهربائي، وكان الزّمن الضروريّ اللازم لانطباق الباب ثانيةً قد انتهى، حين لمحناها تأتي من هناك مستعجِلة. بسرعة ضغطتُ على ذلك الزر الذي يُبقى البابَ مفتوحًا، فأدركتِ البابَ قبل أن يُغلَق، ولمحتُ ابتسامتها.

كنا فرحين أن المصعد لم يفتْها، دخلتْ المصعد، وظلتْ تبتسم وابتسمنا من جديد، لأنها ظلّت تبتسم! لأن أحدًا يبتسم! أحدهم يمشي! كان الآخرون يجلسون باستمرار، حتى موظف الاستقبال، استقبلنا جالسًا.

سألها الآخر: أنتِ من هنا؟

هزّت رأسها مؤكِّدة ذلك.

وسألتْ: أنتما من أين؟ فأجبناها. اتسعتْ ابتسامتُها وحاولتُ أن أتصور شكلَ ابتسامتي، إلّا إنني لم أجرؤ على النظر في المرآة الصغيرة خلف الآخر!

قالت: الطابق الثالث.

وقال الآخر، وهو يحاول أن يبدو لعوبًا: الطابق الثاني.

وقلتُ: وأنا الطابق الأول.

وابتسمنا ابتسامةً مشتركة. وتحرّك المصعد، لكنه ظلّ يصعد. وقد كنت اكتشفتُ أن الآخر سيراها أكثر مني! فحزنتُ! إلّا أن المصعد بدّدَ حزني حين لم يتوقّف عند طابقي، الأول! حين ظلّ يصعد، ويصعد إلى الطابق الثاني، حتى توقف.

أشرعتْ بابَ المصعدِ اليدُ السريةُ للتكنولوجيا فشهقتْ الفتاة حين رأت المشهد! صعدتْ يداها إلى رأسها واحتضنته وقالت: ويلي، هذا فندق ولّا خرابة؟!!

قلت: ربما يكون المصعد قد نزلَ بنا إلى القبو!

كانت الجدران مقشّرة، الفوضى منتشرة في كل مكان، والسّجاد منتزعٌ من أماكن مختلفة!

وحاولتُ أن أبدو لطيفًا: أحدهم أصرَّ على سلخ جِلْد الممرّ!

وقلتُ للآخر فيما بعد: شهقةُ الفتاة زادت الطين بلَّة!

لمحتُ وجهي في المرأة للحظة، فبدا لي مُفزعًا، وقلتُ: لماذا لم تشهق الفتاة حينَ رأتني؟! وعرفتُ أنها لم تفعل ذلك، لأنها لم ترني من قبل، الذي يفزع منك يجب أن يكون قد رآك من قَبل!

***

نهضتُ، اعتذرتُ للمرأة ثانيةً.

فقالت: معلش يا خالتي!

وقلتُ: لعلها تعتقد أنني مصاب بالإسهال!

فقام رجل الأمن وتبعني.

سرتُ بطيئًا في الممرّ. لم يجرؤ على تجاوزي. دخلتُ الحمّام.

ولم يكن دخول الحمّام مثل الخروج منه!

إذا كان رجل الأمن يعرف المثل، فإنه رأى تطبيقه!

حين خرجتُ من الحمام، فَرَكَ الرّجل عينيه، ولم يكن يدلّ عليَّ سوى الحقيبة! خطا خطوتين، وحدَّق داخل الحمّام! وحينَ لم يجدني هناك، تأكّد أنني أنا الذي خرجتُ! فتبعَني، وصل إلى مقعدي، حدَّق بي، ثم عاد إلى الحمّام، اختفى لثوان هناك، وكنتُ أراه معجونًا بقلقه وخوفه، وبراداراته الدّاخلية التي استُنْفِرَت دفعة واحدة.

- هل حَلَق شاربه، أم أن الشّارب كان مستعارًا؟! هل كان بشارب حين دخل الحمّام أم لم يكن؟! هل هو الشخص نفسه أم غيره؟!

فتّش المغسلة المعدنية الصغيرة، بحثًا عن شعرةٍ تشيرُ إلى أنها من شاربي، أمسك بواحدة، فتح هويته، ثم ألقى بها هناك. خاف أن تضيع، بحث عن شعرة أخرى، لعل الشعرتين تكونان الدليلَ الوحيد في القضية! ولم يعرف أي قضية! لم يعرف ما الذي عليه أن يفعله الآن.

***

وقف أمام الحمام، سدَّه بجسده. نادى أحد المضيفين. طلبَ منه شيئًا، ذهب المضيف على عَجل، ثم عاد وهزَّ رأسه. لم يجد ما طلبه منه رجل الأمن. لمحَ مضيفة قادمة، نظر إلى شَعرها. رجل الأمن حدَّق في شعرها وطلب منها شيئًا، فَكَّتْ المضيفة الشَّبَرَة الحريرية عن شعْرها، ناولته إياها!

قلت: ربما يتذكّر الآن مسلسلات (كوجاك) و (هاواي) (وكولومبو)، ولعله يُحِبّ كولومبو أكثر من (ماغنوم)، أكثر من المسلسلات البوليسية كلّها!

وقلت: ربما ابتاع معطفًا مثل معطف كولومبو، إلّا أن شركة الطيران طلبتْ من رؤسائه أن يأمروه بنزع المعطف عن جسمه، لأنه فضيحة في صيف كهذا!

أمسك بالشَّبَرة الحريرية، ونجح في إغلاق الفسحة المؤدية إلى الحمّام، وعزْلِ مسرحِ الجريمة عن أقدام الأطفال والنساء، وسواهم!

عاد وجلس. عاد ليحدّق بي، بالرجل ذي الشّارب اللغز! سمعَ مضيفة تتناقش مع نساء، يتعاركنَ، التفتَ خلفه، كانَ الأطفال قد كشفوا عن مؤخراتهم يريدون أن يعملوها في الممرّ بعد أن منعتهم المضيفة من دخول الحمّام، ولم تكن قادرة على تفسير الأمر!

جاء كبير المضيفين، وبقية المضيفات، وجاء قائد الطائرة ومساعدوه، واهتزَّت الطائرةُ، وقعتْ في أكثر من مطبٍّ هوائي؛ رجاه قائد الطائرة أن يفكّ الشَّبرة الحريرية، فليس من المعقول أن تَعُمّ الفوضى كلّ الطائرة، من أجل الحمّام! وكان عشرات الأطفال على أهبة البدء بالتبول والتبرّز فورًا، كل أسلحتهم ذات الطلقات السريعةِ كانت جاهزة!

نهضَ، فَكَّ الشَّبرةَ الحريرية، أعادها للمضيفة التي رفضتْ بإباء أن تعيدها إلى شعرها! ورأيته مرتبكًا، كأنه اكتشفَ: كم هي سخيفة، تلك الفكرة التي خطرتْ له!

وقلت: لعله يسأل: ربما كانت الشعرتان تمويهًا. وألقى نظرةً أخيرة في فتحةِ الحَمّام بحثًا عن شارب، أو آثار شارب مزيّف، لم يجد.

***

وقلت للآخر: إن مسألة الحمّام كانت تؤرِّقنا، أقصد حمّامَ الطائرة؛ فحين كانت الطائرة تمرّ من فوق المخيم، صاعدةً من المطار القريب، كنا نتساءل: الذي ينحشرُ فوق، ماذا يفعل؟!

فيقول ولد خبير: إنه يذهب إلى الحمّام، هناك فتْحة!

وكنا نعتقد مثلك تمامًا في مسألة الغيوم! الحمّام لا يمكن أن يكون فوق، لأنه تلزمه حفرة؛ والذين يسافرون يذهبون إلى الحمّام في المطار قبل الصعود، وإلّا فأنهم سَيُبَرِّزون علينا، أو في سراويلهم!

وكان الولد الخبير يقول : إن البراز يتفتّتُ في الهواء قبل وصوله إلى الأرض. ويهزُّ رأسه ويقول: هذا عِلْم!

في حين أصرّ آخر: إن هناك برميلًا، مثل براميل الحمّامات لدينا!

ولم يكن سكان المخيم قد أشاعوا بعد فكرة الحفرة الامتصاصية بشكل واسع.

فنردُّ واثقين: إن الطيار لا يمكن أن يُشْغِلَ نفسه ببراز الناس!

ولكننا أثبتْنا أخيرًا للولد الخبير أن البراز لا يتفتّتُ، حين صعدنا إلى السطح، عند مرور إحدى الطائرات فوقنا، واكتفينا بأن نلقي عليه براز الحَمَام والدّجاج!

وكنا نكرّر الأمر دون أن يكتشفه، وظلَّ يسأل إلى أن تأكد أن هناك برميلًا أو ما يشبهه في الطائرة!

عندها انتفض في وجهنا فجأة وقال: ستدفعون الثمن. أنتم الذين دلقتم البُراز عليّ!

سألناه: كيف عرفت؟!

فقال: كلّهم، أعني الذين ركبوا الطائرات قالوا إن هناك ما يشبه البرميل في الطائرة وإن البراز يبقى هناك، ولا يمكن أن يسقط على الأرض!

وكنا قد توقّفنا منذ زمن عن إلقاء أيّ شيء عليه، لأن المسألة باتت تُقرفُنا أيضًا، لكنه لم ينس!

فقلنا له: كلامك صحيحٌ الآن!

فقال: كيف يكون كلامي صحيحًا الآن، ما دام البراز تساقط عليَّ طوال سنة وأكثر؟!

فقلنا: لأن البرميل اخترعوه حديثًا، ولأن طائرات اليوم المحلِّقة فوق رؤوسنا غير طائرات الأمس!

فقال: كذابون، لأنني أستطيع أن أحدّد لكم التاريخ الدقيق

لدخول الطائرات بأنواعها مجال الخدمة، هذا عِلْم.

نتركه ونبتعد.

***

وكانت الفتاة تبتعد في الممرّ، وتتركنا حائرَين، لأن المصعد بقيَ مُصرًّا على لعبة اختلاط الطوابق، وأن الطابق الأول غير موجود في محطات المصعد، رغم أن له زرًا واضحًا يمكن أن تضغط عليه مثلما تضغط على بقية الأزرار!

***

قلت للموظف في مديرية التعليم: هذا الضغط نوعٌ من القهر، وكانت الساعة قد بلغتْ الرابعة من بعد الظهر، والمروحة تدور دون جدوى!

فقال: إذا لم تُسَلِّم جوازك، فلن تعمل هنا!

ثم أشار عليَّ أن أذهب إلى المسؤول، المسؤول الذي رآني وراح يضحك! ثم هنأني بالسلامة! فعرفتُ صوته. عرفت شاربه؛ شاربه الدقيق، والجهد الذي يبذله لكي يبدو عصريًا. عرفته، لم يكن غير مسؤول الأمن الذي سمح لي السفر، باتجاه واحد (ونْ وي) يعني!

قلت: مؤامرة!

ولم يسمعني

قال: تفضل.

فتفضّلتُ.

– هل تأكّد لكَ أن نارَنا خير من جنّات الآخرين، أم أنكَ لم تدرك ذلك بعد؟!

قلت: يريد أن يأخذ الجواز.

قال: هذه تعليمات، أوامر! نحبّ أن نتأكد من أنك لن تفارقنا بغتة! أنتَ تعرف، نحن نحب وداعك، إن كان لا بُدّ من الوداع.

قلت في نفسي: إنه لم يعطني الجواز إلّا لأنه يعرف أنه سيأخذه مني هنا، وإن الأمر مدروس!

وسألته وقد أصبحتُ على وشك الانفجار: كيف تُفسر وجودك هنا، وأنت قبل أيام كنت هناك؟!

فضحك وقال: يمكن أن تكون محقّقًا جيدًا!

وأضاف: نحن نتبادل الخبرات مع هذه الدّول، وكلّنا عرب!

فقلتُ: أريد العودة.

فقال: لا عليك، ستعود، ولكن أظن أن عليك دفعَ ثمن التذكرة التي أتيت بها إلى هنا! وأن تجد بديلًا يأخذ مكانك، فأنت تتركنا الآن في وقت حَرِج!

وقال: دعِ الجواز معك، إذهب هناك وفكّر! وكان يشير إلى الباب.

***

في لقائنا الثاني قالَ لي هذا المحقق: أنتم الفلسطينيون مشكلة- متجاوزًا مسألة الجنسية غير الفلسطينية التي أحملها وجواز السفر القابع في دُرْج مكتبه- قلت: لماذا نحنُ مشكلة؟

قال: مشكلتُنا معكم أن الفلسطيني موجود في المكان الذي هو فيه، والمكان الذي جاء منه، والمكان الذي سيعود إليه!

فأعجبتني عبارته، وكنت أُسجّل دائمًا أهم ما أسمعه.

فقلت: هل تسمح لي بتسجيل جملتكَ؟

فقال: تفضل!

فتفضّلتُ.

أخرجتُ قلمًا، ولكنني لم أجد ورقة. فمدَّ يده بواحدة من تلك الأوراق المربّعة التي توزّعها الشركات الكبرى كشكل من أشكال الدعاية.

وكتبتُ أول الجملة. توقّفتُ، ولم أكن خائفًا في أيّ يوم من الأيام

من الاستدعاء خاصة بعد أن تبين لي: أن الباشا ليس باشا، إنما رجل، رجل فقط!

قلتُ له: إذا سمحت، لا أُريد أن أكتبَ معنى الجملة، هل تسمح بإعادتها.

فقال: حاضر!

فأعادها كما لو أنه حفظها من زمن.

وشكرتُهُ.

سأل: ستستخدمها في كتاباتك؟!

قلت: ربما.

هز رأسه بسخرية، وقال: الآن، الآن فقط، أستطيع القول إنني دخلتُ التاريخ!

***

ولم يكن دُخول الحمَّام كالخروج منه. هذا ما تأكَّد لرجل الأمن؛ رجل الأمن الذي أرتبك، ولم يدرِ كيف يعالج مشكلة بسيطة، مثل أن يَحْلِقَ رجل شاربَهُ في حمّام الطائرة! قلَّب في رأسه قائمة الممنوعات، وكل القوانين الأرضية التي حفِظها، وكان يطبقها في الجو، ولم يجد بُدًّا من أن يصمت، أن يراقبني.

لمحته يدعو المضيف؛ المضيف الذي أخذ زجاجتَي الممنوع.. وقال: هذا ممنوع يعني ممنوع!

أشار له أن يقترب، فاقتربَ، وحاولَ أن يشرحَ له شيئًا، ثم أشارَ له برأسه أن يبتعد. ماذا سيقول؟! هل ستهبط الطائرة اضطراريًا بسبب حَلْق شارب في الأجواء الدولية؟!

وخطر لي أن أضحك.

***

وقالتْ لي: لا تضحك. لن أُحبك إذا حَلَقْتَه، لن أُحبك أبدًا.

وكانت جادّة.

وحاولتُ أن أُفسِّر لها أنها تَحْلِقُ شَعرَها حين تكون غاضبة منّي، من الأشياء، ومن العالم.

كنت أعودُ للبيت، وأنا على يقين من أن شَعرها الذي أحبّه، شعرَها الذي أحببته دائمًا، لن يكون هو، لأنها ألقتْ بذلك الطول الذي أُحبّه في سلّة المهملات، في صالون حلاقة.. في أيّ صالون!

مرّة من تلك المرّات الكثيرة، تشاجرنا، وافترقنا، عاد كل منا إلى البيت من طريق، ولم تَعُد هي، لم يعد شَعرها، شَعرها الذي قَصَّتْه في أول صالون حلاقة صادفتْه؛ وكانت قصَّته أيضًا قبلها بيومين. فَجُنَّ جنوني، وتشاجرنا في شَعرها، ونسينا سببَ شجارنا الذي دعاها إلى ذلك!

وقلت لها: سأحْلقُ شاربي.

فغضبتْ، وقالت: هذا كلُّ ما بقي منك!

ولم تكن تُطْلِقُ تلك اللّسعات المميتة إلّا نادرًا.

كانت تُذكِّرني بما كنتُ عليه. تسردُ ذلك بفرح. تسرد الأشجار والغابة، والطائرات، حتى أظن أنني لم أزل ذلك الرجل! وتضحك: لو لم تمنحْني كلَّ ذلك الفرح لفارقتكَ! تلزمني سنوات قبل أن يكفّ جسدي عن الارتعاش كلما تذكرتُ تلك الغابة، تلزمني سنوات طويلة كي أنسى.

ولم أكن أنسى.

***

ولم ينس رجل الأمن.

قلت: كانت ستسامحني أخيرًا، ولكن رجل الأمن لم يكن مستعدًا لذلك!

ورحتُ أطرد الفكرة، أحاول ابتكار طُرفة في حضرة الجثة!

- ماذا لو اقترب مني وقال لي: فَسِّر لي ما حدث، ماذا سأقول؟!

ورأيته يقترب، أبعد المرأة وانحنى كقوس، لا انحنى كجسر!

وقال: لماذا حلقتَ شاربك في الجو؟!

قلتُ: لأنكم لا تسمحونَ لنا بتربيته على الأرض كما يجب!

وضحكتُ.

استدرتُ إلى الآخر وقلتُ له: حلوة، أليس كذلك؟!

فأشاح بوجهه!

وقال رجل الأمن: عليك ملازمة مقعدكَ حتى نهاية الرحلة!

فقلت: إفرضْ أنني انحشرت؟!

قال: لن تغادر مقعدك، يعني، لـن تغـادره! وعـاد إلى مكانـه. ثـم نهض واقترب مني.

قال: ممكن حقيبتك!

قلت: ممكن!

أخذها واختفى في الحمّام.. قلت: ماذا لو عادَ بلا شارب!

وحاولتُ أن أضحك حينَ تذكرتُ أنه بلا شارب أصلًا.

لم يكن، هناك شيء في الحقيبة سوى آلة الحلاقة، فأعادها إليَّ.

وكرر: إلزمْ مقعدكَ!

***

وظلَّـت المروحـة تـدور في رأسي، في سـقف جمجمتـي، وتطحـن دماغي.

قلت للآخر: ولكن كيف وصلَ المحقّق قَبْلي؟!

قال: ربما بطائرة خاصة.

فقلتُ: أنت تُضَخِّم الموضوع، لم يكن المحقق بهذه الأهمية!

قال الآخر: ولا أنت!

قلت: أشكرك.

***

.. وسألني موظف مديرية التعليم الذي بدا مُتعبًا أيضًا: هل حُلَّتْ مشكلتُك؟

فقلتُ: مشكلتنا هي الوحيدة التي لا تُحلّ!

***

ولم يعد هناك خبز في القبو.

***

ولم يسألني الآخر عن شاربي. فهو يعرف أنني خسرتُ كل ما راهنتُ عليه! ويعرف أنني قلت: علينا أن (نقطعه) أيضًا! وأحسستُ أن الآخر سيكون المتضرِّر الوحيد، لأنه مُجْتَثٌّ عندي من جذوره! في حين حدَّقتْ بي المرأةُ التي بجانبي وقالت: ما الذي فعلته يا مجنون، يا خسارة الخبز والموز فيك! هل يَحْلِق الرجل شاربه في مثل هذا العمر؟!

***

وكانت تقول: إذا حلقتَ شاربك لن أُحبّك. سأغفر لك كل شيء، إلا هذا!

وقلتُ له: كل هزيمة تلحَقُ بنا، تجعل الهوّة أكثر اتساعًا، (كأنه المستهدف في القصف!

***

وقلتُ للمرأة: إنني لَحَمْتُه!

وعرَفَتْ المقصودَ فورًا، فنسيتْ حكاية شاربي وضحكتْ!

إلّا أنها قالت لي: إنك تغيّرتَ.

وبعد لحظة ابتعدتْ بكتفها القريب مني؛ تراجعتْ عن ضحكتها، ولم يعد كتفها يلامسني.

استندتْ إلى يد المقعد المحاذي للممرّ، وصمتتْ بقية الرّحلة.

***

وابتعدتْ الفتاة، ولكن إيقاع خطاها في الممرّ لم يبتعد. ظلَّ يهبط ويصعد معنا في بحثنا عن ممرّ، ممرّ يقنعنا في النهاية أنه ممر الفندق.

وظلَّتْ كلماتها تتردّد: لقد راسلتُ الإذاعة عندكم، طوال فترة حرب الخليج!

وقالتْ: إن لسانها يوجعها الآن، لأنها تكلَّمتْ كثيرًا.

وتوقّف المصعد. ابتعدتْ، ولم تعد رائحتها تملأ المكعَّبَ المعدنيّ الصغير، أو ثيابنا.

تشمَّمتُ ذراعي وقلت للآخر: إنها لم تعد موجودة أبدًا!

قال: الفتاة!

هززتُ رأسي. كنعم. وكنتُ خائفًا من فتْح فمي ونطق كلمة أخرى في حضرته. هو الذي تجاهل مسألة الشّارب تمامًا!

***

قلتُ لها: إن رائحتها لم تفارقني طوال الأسبوع، وإن ساقيها تشدّان على خصري منذ أسبوع.

وقلتُ: إن الإحساسَ برائحة الإنسان الخاصة ربما يستمرُّ معنا إلى هذا الحدّ لأننا نحبه فقط!

قالت: نحبه؟!

قلت: نعم، تسألين وكأنكِ انتزعتِ مني اعترافًا!

وابتعدت دون أن تتكلّم وجاءتْ بعد يومين.

سألتها: أين اختفيتِ؟!

قالتْ: لم أختفِ، كنتُ أفرح، أفرحُ فقط.

وأحببتُ رائحتَها هذه المرّة أكثر.

***

توقَّف المصعد، وخرج الآخر، وهيئ لي أنه يخطو خارج نفسه، ويبتعد في الممرّ!

قال: تعرف أين تجدني!

وبقيتُ وحدي. هبط المصعد، وتوقَّف أخيرًا. اليدُ الإلكترونية السريّة أشرعتْ بابَهُ من جديد، فأسفر المشهد عن قاعة تنعكس الأضواء على رخامها الأبيض!

قلتُ: كنت أعرف، لا يمكن أن يكون هناك زرٌّ مخصص للطابق الأول في الوقت الذي لا يقف فيه المصعد في الطابق الأول! لكن الحركة أيقظتني فور خروجي.

– أنا الآن في قاعة الاستقبال ثانية!

لمحني موظف الاستقبال، لم يتحرّك، لم ينطق بكلمة، وبدا الأمر بالنسبة لي أنه يعرف تمامًا ما يجري قبل حدوثه!

عدتُ إلى المصعد، وضغطتُ زرَّ الطابق الثاني، وهناك خرجتُ، قلتُ: هبوط الدّرجات باتجاه الأول، خير لي من صعودها إلى الغرفة!

✳✳✳

مُفزِعًا كان المشهد..

كنتُ أشبه بمن يسير في محطة قطار مهجورة، تتدحرج فيها الأشجار البريّة الجافة وكثبان الرّمال الصغيرة! درتُ مع الممرّ، وكان الممرُّ يدور، والحقيبة تدور، والمروحة تدور، وخطى الفتاة في الممرّ وشهقتها تدور.

بحثتُ عن الدرجات التي تهبط للطابق الأول. وصلتُ غرفة الآخر، بدتْ لي صامتة؛ كان قد أغلق الباب. توقفتُ لأسمع حركته، لم أسمع شيئًا. واصلتُ الدّوران، انتفض قلبي حينَ رأيتُ الدرجات، انحدرتُ فوقها كشلال اصطناعيّ كسول، من تلك التي يقيمونها وسطَ ساحات المدن الجافة، حيث الماء ينزل الدرجات بلا أرجل كالأفاعي، ويصعد من أماكن غير مرئية كاللصوص الذين يتسلقون البيوت من أنابيبها الخلفية، أو مزاريبها!

87

ولم يكن المشهد مختلفًا عن ذلك الذي في الطابق الثاني، ولكن الذي يختلف كانت الرائحة!

ولم تكن رائحة امرأة، تقول لي إنها كانت تفرح، لم تكن تفكّر، بل تفرح فقط!

رائحة فقط، يرفعها الخراب.

***

.. واجتزتُ زقاقين، وصعدتُ أحد الأسوار التي تُوصل إلى البيت. كان ذلك أكثر أمْنًا من عبور الشارع المواجه المُشْرَع للفوهات. ولكن المسافة التي كنتُ أقطعها في ثلاث دقائق، أصبح يلزمها الآن ساعة على الأقل.

وصلتُ، ولم يكن البيت بيتًا، كان فُتاتًا، أما الأسوار فكانت قائمة، لم تقضم القذائف سوى بعض حوافّها العالية؛ وتعثرتُ بقطع خشبيّة عرفتُ مصدرها: خزانة الملابس! ورأيت بدلة أبي الوحيدة؛ رفعتُها، فاصطدمتْ أصابعي بخروق أحدَثتْها الشظايا فيها.

قلتُ: لو كان أبي يلبسها لمات! وحمدتُ الله أن أبي لم يكن في البدلة عندما قُصِفَتْ! وضعتُها برفق فوق الخراب، كما لو أن أبي داخلها! سرتُ، وصلتُ برميل الطحين، أُمي كانت نبيهة دائمًا، وتحسبُ الحساب لكلّ شيء!

قال أبي: إنه وضع بميل الطحين في الحوش تحتَ الدّالية؛ الدّالية التي عبرَ عليها الصيف ونصف أيلول، وإنه غطّاه ووضع طوبتين فوقه.

لم أرَ الطوبتين. ولم أرَ الغطاء، وشككتُ أن لون البرميل الأسود هو لونه الذي أعرفه!

***

وقلتُ للآخر: ثمة أسودُ غير ذلك الأسود، أسود كان أسودَ،

ولكنه غير السّواد الأول!
وأحسستُ أنني لم أوصِلْ فكرتي.

***

كان برميل الطحين واقفًا مكانه.

أُضيئتْ الدنيا. لم أتحاش الضوء، تسمرّتُ في مكاني، ولم يكونوا قادرين على رؤيتي على أيّ حال، وألقتْ بي المفاجأة بعيدًا، إلى أمّي وهي تواجهني: أين الطحين؟!

***

قلتُ لها: بعته.

– وماذا فعلتَ بثمنه؟

قلت: ذهبتُ إلى السينما.

فشدَّتْ شعرها وتجمَّع أُخوتي، وحاولوا أن يوقفوا يديها عند حدّيهما، لم يستطيعوا!

وكانت تصرخ: أرسلكَ لتستلمه، تستلم طحين الشهر، فتبيعه! تريدُ أن تُميتنا جوعًا؟! وحفنت الترابَ وأهالتْهُ على رأسها. ثم مدَّت يدها دونَ وعي إلى وعاء تسخين الماء؛ كان أسود بفعل دخان الخشب والأحذية القديمة التي كانت تلمُّها ونلمّها لتوقد بها النار، وبدأتْ تمرِّرُ يديها بعصبية على الوعاء وتغمر وجهها بالسّخام، حتى أصبح مثل وجوه الجنود؛ الجنود الذين رأيناهم فيما بعد وسأل أحدهم أمي: أين تحبين أن أطعنه، هنا؟ أم هنا؟ أم هنا؟!

ولم تتوقّف أمي إلى أن شقّتْ ثوبها، فأدركتُ حجم المصيبة!

***

برميل الطحين وقف ميتًا.
برميل الطحين الذي هَرَّبناه، وهربْنا به من احتمالات القذائف.
برميل الطحين قُتِل!

الشظايا أخذتْ حصَّتها من معدنه الرقيق، والنار أكدتْ معجزتَها في تحويل الطحين إلى فحم! إلى بقايا فحم! إلى اختزاله وإلقائه هناك في القاع، ليكون أشبه بفطيرة الشيطان. رقيقة محترقة وقاسية!

وظلّتْ قذيفة التنوير فوق رأسي.

قلت: لم تنطفئ بالسرعة التي كانت تنطفئ بها عـادةً. ظلـت ثُرَيَّـةُ الحرب هذه مُعَلَّقة في سقف ليلة الموت؛ وحين حـدّقتُ فيهـا، لم يكـن هناك نجوم في السماء، كان هناك ضوء مميت، واثق، يزداد التماعًـا دون توقُّف. كان أقوى من شمس، وأحسستُ بعرقي ينسابُ غزيرًا.

***

وسألني المحققُ الذي سبقني إلى الخليج: فَكَّرتَ؟

قلتُ: فكّرتُ!

وناولتُه الجواز!

قال: عين العقل!

قال الآخر: وما الذي حدث بعد ذلـك. لا تقـل لي إنـك اجتـزتَ البحر!

قلت: ألستُ هنا؟!

***

وقال الآخر: إنه لم يكن قادرًا على أن يَعْرَق!

قلتُ: نعم!

قال: تعـرف أن في ذلـك مـوتي! هـل رأيـتَ قمـيصَ قتيـلٍ مبـتلًا بالعرق؟!

قلت: لا، لم أكن رأيتُ قتلى قبلَ تلك الأيام.

قال: بالدّم نعم، بالسّواد نعم، مبتل بالبَرْد نعم؛ الحرارة للأحياء!

وقال: حين عادتْ إليَّ قالت إنها لم تنسَ احتـضاني لهـا في الـشارع، وإن كل ذلك الزمن الذي مرّ، كانـت تتـدفأ خلالـه عـلى ضـمة يـدي

الوحيدة!

وقال: إنني صدقتُها! لو كانت تكذب، لكانت أشفقتْ عليَّ فقط، لكذبتْ، ولكنها لا تجرؤ هنا أن تكذب دون أن تندسَّ في نصف حضني. كان امتحانها ماثلًا. وكنتُ انتظرتها. أتعرف، كنتُ متأكدًا أن هذه اليد التي قاوَمت بردَ ليلتين بين عشرات القتلى، وظلتْ دافئة، كنت متأكدًا من أنها تستحقّ أن تحضُنَ امرأة!

وصمتَ قليلًا، ثم قال: سأقول لك شيئًا ولكن لا ترفع حاجبيك دهشة! تعرف أنني أكبر منك، قليلًا.

قلت: أعرف.

قال: ربما لم تكن تخطُر لك مثل هذه الخواطر في ذلك الزمن!

قلت: أية خواطر؟

قال: المتعلِّقة بالنساء!!

- ابتسمتُ.

قال: لقد وعدتُ يديَّ إن خرجتا سالمتين بامرأة! الصحيح، لقد وعدتُ كلَّ شيء فيّ بامرأة!

وضحكَ فجأة وقال: إن يدي أكلتْ حصّةَ أختها!

ثم صمت وقال: أتعرف، لكنني خدعتُها.

سألتُ: المرأة.

قال: لا، لا، يدي هذه!

سألتُ: كيف؟!

قال: لأنني لم أفقد يومًا حسّي بيدي المبتورة!

وقلتُ: لقد أحببتُها.

قال: يدي المبتورة أم الأخرى؟!!

قلتُ: بل تلك الصبيّة التي هبطنا تلاهَم من نارنا العالية، ونشرنا خنادقنا فيها. كانت تتسلّقني كما تتسلّق جبلًا، كأنها كانت تُعوِّض عن

كل تلك الفترة التي ابتعدتْ فيها عن المكان.

***

سمعتُ خطواتها خلفي، ودون أن التفت، قلتُ: امرأة. مُهْرة!

حاذتني، وكان الطريق ضيقًا في الغابة الصغيرة، واصطدمتْ بسلاحي، أهتزّ كتفي.

اعتذرتُ.

قالت: أنا التي عليها أن تعتذر، وقالتْ، الجبل لا يعتذر!

فأحببتها. مشينا معًا.

قالت: إنها تركتْ شوارعَ الموت خلْفها، حين لم تعد تعرف مَنْ سيقوم بقتلِ مَنْ في اللحظة التالية في هذه الحرب الأهلية. قالت إن المسألة مُربكة، لأن من حقّ القتيل أن يعرف قاتله على الأقل!

قلتُ لها: إنك كجارنا الصغير. وحدَّثتُها عنه فأحبّته!

وقالت: إن خلط الأوراق الذي يحدث، جعل كل شيء أسود في عينيها!

وقلت للآخر: لعلّها اكتشفتْ تركيبة السّواد قبلك وقبلي!

وقالت: هنا، قرب الحدود، على الأقل، تعرف أن الموت يأتيك من فوق، من الطائرات الإسرائيلية، وصمتتْ.

قلت: ما لكِ؟

قالت: إن (فوق) هذا لا يُعطي سوى الموت، حتى حين ترفع أمي يديها بالدعاء إلى السماء.

وضحكتْ فجأة.. وظلّت تضحك.

قالت: إن أمها كانت ذات مرّة في آخر صلاتها ترفع يديها وتستنزل الرحمة على أبنائها واحدًا واحدًا. وفجأةً هبطت القذائفُ واخترقت الطائرات حاجز الصوت. وللحظة قالت أمي: إنها اعتقدتْ أن الله غاضب عليها، وقد أرسل غضبه، قبل أن تتأكد من أن الطائرات،

طائرات، وأن حاجز الصوت هو الذي اُخْتُرِقَ.

ثم قالت: من فوق لا تأتي رحمة!

وظلَّ صوتها يرّف داخلي.

***

نظرتْ إليّ، فوجئتُ، كانت هادئةً، مستسلمةً لقَدرٍ غريب، لا تعرفه. أنتَ تستطيع أن تتذكّر، تستطيع أن تتسرّب إلى ذاكرة أبيك وأمك، وتتخيّل أشكال القتلى، أو حرائق الحروب! أما هي فلا، أعني الحمامة في حوش بيتنا المهدّم! كانتْ هادئة. ربما خافتْ في البداية، ربما ابتعدتْ، ربما اكتشفتْ الجحيم حولها، فربضتْ هادئةً، تتأمّل الخراب وقضبان الحديد التي نسّلتها القذائف من إسمنت السّقف، لكنها أحسّتْ بي أخيرًا، ورفّتْ.

كانت الحمامة وحيدة، وحائرة. هل تطير لأن الضوءَ الجاثم فوقَ المكان، أكثرَ من شمس، أم تبقى لأن حدود هذه الشمس غامضة؟

تراني، تتحفّز، تندفع بعينيها بعيدًا بحثًا عن حقيقة الأفق، وتجفل بسبب انفجارات القذائف!

تذكرتُ الخبزَ الجاف في زاوية السّور، الخبز الذي كنا نجمعه للحَمَام. كان صلدًا كالصخر.

اقتربتُ، وبحثتُ عنه. فوجئتُ بالقطّة الكبيرة، القطة التي وضعتْ أربعة قطط عُمي منذ أيام هناك، كانت تركض دائمًا نحوي، وتتعلّق بي، ولكنّها زأرتْ هذه المرة وقالتْ: مياو، مياو مياو! لم تقلْ: ميو، ميو!!

ورأيت أنيابَها للمرة الأولى.

لعلّها لم تعرفني! لماذا؟!

كانت تعرفني في الظلام، حين تتجاوز كل أخوتي النائمين وتندسّ تحت لحافي.

مجنونة كانت عيناها، وهي تحاول قَضْم قطع الخبز الجافة.

أُمي قالت لنا: لا تقسوا على القطط، وحدّثتنا عن الرجل الذي دخلَ الجنة بكلب لأنه سقاه ماءً.

وكنتُ اعتقد طوال طفولتي أنني سأدخل الجنة بالقطط، عشرات القطط!

أُضيئت الدنيا ثانية بشمسِ الموت تلك، الباحثة عن قتلى يتحرّكون. لمحتْ القطةُ الحمامةَ، راحتْ تقترب.

كم مرّة حاولتْ قبل ذلك؟

وفجأة فرّتْ الحمامةُ.

كم مرة فرّت الحمامةُ ثم عادت؟

طارتْ، تابعتُها إلى أن اختفت في الليل، وتساءلتُ: هل تتوه؟ هل يمتلك الحمام قدرةَ الطيور المهاجرة على السفر في الليل؟!

ولم يحيّرني ذلك فقط، كانت السماء شبكةَ نار تضيق فتحاتُها وتتّسع حسب كل معركة، والحمامة كانت هناك.

وتساءلتُ: هل هي الناجية الوحيدة؟

عادتْ القطة إلى زاوية الخبز الجاف.

سرتُ باتجاه الصندوق الذي وضعْنا فيه أولادها، أربعة قطط صغار، عُمْي، وربما لا تسمع! من يدري، قطط صغيرة غائبة عن المشهد الخارجي.

زأرت القطةُ وكأنها خشيتْ أنني سآكل أولادها!

انطفأتْ شمسُ الموت، خفتُ، هل ستهاجمني؟ من أي اتجاه؟

مشيتُ في عتمتي باتجاه الزاوية، بحثتُ عن كيس ورقيّ وضعنا فيه الخبز، تحسستُ ما تناثر منه، وحملتُ كل قطعةٍ يابسة قد تكون خبزًا، حشوتُها فيه؛ كان شبه ممزقٍ، سددتُ خروقه براحتَيَّ.

انفجرتْ شمسٌ أخرى في سماء المنطقة، ورأيتُ الحمامة تعود،

وتهبط في المكان الذي غادرتْه، ورأيتُ القطةَ الأمّ تندسّ في الصندوق، وكأنها تعِبتْ من كل شيء!

***

وكنّا قد تعِبنا..

حينَ توافَدَ إلى القبو أُناس آخرون، وأصبحت الأرضيةُ غير قابلة لاستيعاب كل هذه الأجساد المتراصّة. لكن المرأة العجوز فرِحتْ؛ ونحن الصغار فوجئنا، حين قالت أمي: إن المرأة الفلاحة ذات العينين الجميلتين، يهودية!

ولم نكن سمعنا هذه المرأة تتحدّث، المرأة ذات العينين الجميلتين. وبدا جارنا الصغير متحفِّزًا لكلِّ طارئ! أما بقية الصغار فلم يكفّوا عن التّحديق في عينيها.

كانت طويلة، في الخمسين من عمرها، ربما، ولم يبدَ عليها أنها متخفّية داخل الثوب الفلسطيني المطرّز. كانت تلبسه تمامًا كأمّي، تمشي دونَ أن تتعثَر بأطرافه!

همسَ لي جارنا الصغير: خذ حذَرك!

ولم أدْرِ ما هي الأسرار التي يمكنُ أن أخاف عليها؟!

ولكن المرأة ذات العينين الجميلتين، التي كانت تستمع إلى إذاعتنا، طلبت من جارنا الصغير الذي أصبح مسؤول الإعلام في القبو، أن يرفع صوتَ الراديو، فاستجاب مسحورًا.

هبَّ صوت المذيع: "يا جماهير شعبنا العربي، إن المؤامرة التي تُرتكب اليوم...."

المرأة ذات العينين الجميلتين رفعتْ يديها إلى السماء: يا ربي تكسِرْهُمْ الصهاينة والنّكليز والأميركان والعُمَلا العرب!

أطلقتْ دعوتها تمامًا كأُمي، أطلقتها بلهجة فلاحيّة لم نكن نتقنها نحن أولاد المدارس!

وقالت لنا العجوز: ما لكما تنظران إلى المرأة هكذا، ستأكلانها بعيونكما!

سأل مسؤول الإعلام: هل صحيح أنها يهودية؟!

قالت العجوز: آه، يهودية، لكنّها فلسطينية يعني منّا.

***

أمي قالت لنا فيما بعد: إن اليهود قتلوا زوج اليهوديّة، وحاولوا أن يقتلوها أكثر من مرّة، وكانت تنجو. لم يقبلوا أن تتزوج واحدًا منّا. أول مرّة حاولوا ليلة العرس، ولكن الشباب كشفوهم؛ ثم حاولوا مرةً أخرى وأخرى؛ ظلّوا يحاولون حتى بعد أن أنجبت ولدين، وفي النهاية قتلوا زوجها؛ وفي عام 48 خرجتْ معنا، إنها منّا.

وسألتُ: هل صحيح أن أولادها فدائيّون؟!

فهزّت أمّي رأسها: نعم.

وقال جارنا الصغير، مسؤول الإعلام: عجيب!

ولم نقتنع بالإجابة، لم نقتنع بكل الإجابات.

وفجأة صرخت أمي: ألا تتعبون؟!

***

وكنتُ تَعِبًا..

تَعِبًا من الحقيبة، ومن الرّائحة؛ من رائحة الغراء المتعفّنة الصاعدة من قطع السّجاد المنتزع من أرضية الممرّ. أرضية الممرّ الشبيهة بمحطة قطارات مهجورة! وكنت أدور، والمراوح تدور. وكان الطلاء يتساقط حولي مُصدِرًا أصواتًا غامضة تنبئ عن بدء تحلّل المكان وانفراطه. لا لم يكن مثل قشور الجروح أو أيّ شيء يتماثل للشفاء! والمربّع، الممرّ الذي يتشكّل مربعًا أو مستطيلًا في النهاية، يدور ويُلقي بأجزاء صغيرة من أضلاعه أمام أبواب الغرف ليتمكّن الناس من دخول أبوابها الضيقة. ولم يكن هناك أناس، كانت الأبواب فقط، أبواب تُفضي إلى الصمت

96

والعتمة.

وقفتُ أمام الغرفة أخيرًا، تأكدتُ من رقمها، وهيئ لي أن هذا الخراب الذي أصابّ كل التفاصيل، قد يترك لمفتاحي حريّة فتح أيّ غرفة دون عناء. كل ما حولي كان يتفتّت، وكان الباب بُنيًّا إلى درجة السّواد، وحين أمسكتُ بالأكرة كانت دبِقَة!

استجاب القفل للمفتاح بصعوبة، دفعتُ الباب ودخلتُ.

***

أيّ ظلام ذاك؟!

كانت الذئاب الصحراوية تعوي في الخارج، وثمة أفعى تطارد الفئران في السقف، وكانتْ العجوزُ لا تكفّ عن الكلام: معجبٌ بها أليس كذلك؟! أرني ما لديك من رجولة إذًا! تملّصتُ. شدّتني عن السرير. ألقتْني أرضًا، فوق تراب الغرفة الناعم.

- أستطيع أن أفهم، أستطيع أن أرى نظرة عينيكَ الملتهبة وأنت تتابعها!

وكانت تمزّق كل شيء.

وكنتُ مستسلمًا.

كل شيء يحدث معكَ يجب أن تتقبّله، ما دمت قَبِلْتَ بالقدوم إلى هنا أصلًا، حيث الصحراء، والذئاب والأفاعي، ورائحة النفط!

وكان لحمها يفيض، يفيض على جانبيَّ كتلًا عملاقة.

- تريدها، أليس كذلك؟

قلت: نعم أريدها!

وكانت ساحرة، أبنتها، زنجية نموذجية، تمشي كرمح، وتتقدّم فيَّ كغابةٍ ما إن أراها. غابة بكل لبوءاتها ونمْراتها وذئباتها!

قلتُ: أريدها.

فقالت: عَبْري، إن كنتَ رجلًا!

جننتُ، أنت تعرف أننا نجن أحيانًا، وقلتُ جاءت فرصتي! كَبَحْتُ كلَّ ما في داخلي من نفور أمام كُتلَها المتدفّقة، وحمدتُ الله أنني لا أراها جيدًا، وأن الظلام هو السّيد!

هل أقول التّحدي، ذلك الذي دفعني للاستجابة لاغتصابها لي؟! كان اغتصابًا. الآن أقول لك ذلك!

كانت أيامي الأولى هناك. هل كان الأمر نوعًا من العبث؟ من الاستسلام؟ من الانتحار بإلقاء النفس وسط التيار، التيار الذي لم يعد هناك مجال للدورانِ حوله؟ لقد وقعتُ وعليَّ ألّا أتردّد.

بحثتُ عن فتحةٍ، وجدتُها أخيرًا! كانت دقيقة، بصعوبة استجابتْ، وخيّل إليَّ أنني الأول منذ عشرات السنوات، الأول الذي يدخُلُها.

جُنّتُ. أخذتْ ترتجُّ. وسمعتُ صرير الخشب، خشب الأرضية الترابيّة، الذي كان سقفًا للمقهى.

وحين نهضتْ، ربّتتْ على كتفي وقالت: قُمْ، هي الآن لك!

وحاولتُ أن أنهض، لم أستطع!

ضحكتْ، فارتجَّ الليل بظلامه الكثيف، وخلَدَت الذئابُ إلى الصمت، وسمعتُ خطى العجوز الثقيلة تهبط الدّرج وكانت الغرفةُ تهتزّ، وصرير الخشب يملأ أذنيّ.

***

وكنتُ أدفعُ باب غرفة الفندق فيصدرُ صريرًا حادًا. قلت: ماذا لو اندفع سربٌ من الخفافيش في هذه اللحظة؟! ولم يندفع. ولم يشتعل الضوء. الضوء الذي بحثتُ عن مفتاحه. دون جدوى. لكن شعاعًا ضعيفًا كان يتسرب من الشارع؛ فرحتُ، الغرفة تطلُّ على شيء!

ولكنني تنبّهت أن الستارة ليست في وضع طبيعي. واصلتُ طريقي متخبّطًا، وصلتُ إلى مفتاح ضوء يتدلى من عمود خشبيّ عالٍ، ولم أرَ في ذلك الجزء الذي يُخفي (اللمبة) أكثر من سلّةِ قمامة مقلوبة!

سحبتُ الخيط،
انفجرَ الضوء،
شهقتُ، تراجعتُ إلى الوراء!

***

فكرتُ أن أعود، أن ألقي بنفسي إلى ذراعيّ الموت، هكـذا، كقتيـل جـاهز، جـاهز للمذبحـة منـذ زمـن، إلّا أن أُمـي صرخـتْ: ويـن يـا مجنون؟!

وأحضرتْ ماءً وبلّلت الخبزَ الجاف، بعد أن أبعدتْ قطع حجـارة ومعدن صغيرة كنتُ جمعتُها وألقيتُها في الكيس الورقي!

ولم أقل إن بدلة أبي قُتِلَتْ، لم أقل لأمي، لئلا تتشاءم. لم أقل لها إنني حمدتُ الله لأن أبي لم يكن في داخلها، ولم أقل لها إن (خُمَّ) الحَـمَام الـذي كان يطلّ على العالم من فوق السّطح قـد أصـبح الآن ركامًـا! لأنني أعرف أنها ستبكي عندها على البيت، أكثر مما كانت ستـبكي لـو قُتـل اثنان منا دفعةً واحدة!

– هذا البيت بنيته من تحت أسنانكم!

لم نفهم ذلك، حتى حينما كنا جائعين.

ومرةً قالت: هذه الطوبة ربما تكون رغيفًا! وهذه ربما تكـون كيلـو بندورة! وهذه ربما تكون تفاحة بكيتم لكي تحصلوا عليهـا! كـل هـذا استللته من تحت أسنانكم.

وقالت: أن تنام جائعًا، أفضل من أن تنام بلا سقف!

***

وكنت أنام جائعًا، ولم أُحس لحظةً أنني تحـت سـقف. كـل تعبـي الـذي تكثّـفَ وتـسلّلَ إلى خلايـاي، كـل نـومي، لم يُنـسياني الـشّخير الرّهيب الذي كان يطلقه عدّة رجال، دفعة واحدة، وبانتظام غريب.

ترددتُ في إشعال الضوء. ماذا لو هبّوا فيّ: اتركنا نام يا رجل!

ماذا لو تعثّرتُ بشيء؟

وظلّ شخيرهم يتصاعد.

كانت الغرفة تتلوّن بالأزرق والأحمر والأخضر والأصفر والبرتقالي والليلكي والأبيض، أنوار لوحات الإعلانات التي كانت تتعارك في سماء الشارع الصاخب وتتقاطع بعنف في موجات متلاحقة لا تتعب، لا تهدأ.

مدينة خليجية مثاليّة! ينفلتُ من أقصى الشارع ضوء لوحة الإعلانات لسيارات هوندا، الهوندا التي كانت صغيرة (كالميني)! لم تكن كبيرة في تلك الأيام؛ أو ضوء لوحة سيارات ميتسوبيشي جَلَنتْ، أو تويوتا؛ أضواء تنطلق كسهام سحريّة خارجة من حكاية، مثل برق. يقطعُ الضوءُ المسافة ويشتبك في نقطة محددة ما، تبدو وكأنها أزلية، مع سهم آخر قادم من لوحات روثمان أو سيارات كاديلاك أو جاغوار أو مرسيدس. وثمة نقطة سوداء أحدق فيها الآن وأراها، قد لا أكون رأيتها لحظتها، لكنني الآن أراها، كما لو كنتُ في وسط ذلك الشارع العريض، وأنظر إلى سماء النّيون تلك، من تحت، حيث لا مجال لأن تخدعني عيناي.

***

حيث الستارة مُنْتَزَعة..

منتزعة من طرفها الأيمن حتى المنتصف، كما لو أن جنيًّا صغيرًا كان يتمرجح فيها قبل لحظات! وكانَ الضوء يتسرب من الشارع. ضوءٌ ميّت، مُتعَب، كأنه سهرَ الليل طوله!

لم أستطع خلْع حذائي؛ كانت أرضية الغرفة ممتلئة بفتات حجارة صغيرة، حجارة تُعطي الستارة المُنتزَعة من سِكَّتها في الأعلى تموّجات مُفزِعة دون أن تلامسها. روح الخراب تنلفت وتنعقد في نقطة غامضة. رائحة السجائر لم تزل تملأ عتمة المربع الذي لم أستطع أضاءته

بالكامل، وكانت آثار دم على الجدران! دم واضح كدم إنسان! الذين دخَّنوا، الذين خنقوا كمية الهواء الحزينة في الغرفة لم يذبحوا دجاجة هنا، ربما ذبحوا إنسانًا! هل جاءهم الهاتف من مكتب الاستقبال: أخلوا الغرفة، وصلَ الزّبون! أي أنا! وكانوا عندها يدخنون، كانوا يقتلون أحدًا ما ويمتصّون دمه! أحدهم سَحَقَ بقّةً، بقّة عملاقة. أحدهم سحق مئات البقّات على الحائط، حيث اختلطَ الأحمر الدّاكن بما تحته، برمادِ السجائر المتطاير ودخانها، بانعكاس الضوء عبر الستارة المنهارة عند الشباك؛ ولم يكن الضوء الجانبي كافيًا لتبيد السواد.

خطوتُ باتجاه النافذة، حاولتُ فتْحها، لم تستجب! عدتُ إلى الباب وفتحته، وفتحتُ الحقيبة، أخرجتُ منشفةً، وبدأت ألوِّح في الهواء محاولًا طردَ الرائحة. هل الرائحة شبح؟! لا تضحك، نحن نحسّ بوجودها، لكننا لا نراها!

الفتاة لم تترك شبحَ رائحتها الجميل فينا، بل طيف رائحتها! تحسستُ ذراعي، فَرَكْتُهُ، لم ينطلق طيفُ رائحتها، فركتُه مثلما يُفرَك المصباح السّحريّ، انطلقتْ شهقتُها، والشهقة ليست شبحًا، الشهقة فزع، فزع ليس إلّا!

***

فزعٌ هزَّنا..

عندما أحاطوا بي وبها من كل الجهات. عندما خرجوا علينا من بين الأشجار، بعد المغيب تمامًا، كما لو أننا استُدرِجنا إلى كمين طَوال أيام وأيام؛ طَوال تلك الفترة الجميلة التي أحسسنا فيها بحرِّيَّتنا، حريّتنا التي كانت كذبة، حتى في أدق تفاصيلها! حريتنا التي نهشتها ألفُ عين!

منذ متى تنبهوا؟! منذ متى نصبوا شِراك محاجِرهم بين الأغصان، وفتحوا الضوء علينا كطريدين؟! ولماذا انتظروا إلى هذا الحدّ؟ لماذا

انتظروا أن نكون عاريين؟!

كنا نحبُّ، نأوي للداخل، للدّغل، الدّغل الذي كان ليّنًا تحت أضلاعنا، ولحمنا، الدّغل الذي آوى قلبها الهارب من اختلاط الأوراق، والشوارع السود، شوارع العاصمة المزروعة بآلاف الأعين المعدنية الباردة.

كيف كانَ لها أن تلملمَ جسمها الفذَّ، وفتات روحها في لحظة المفاجأة؟! وكنا طيبين كما خلقتنا الأغنية، وجمَّعتْنا، وزجّتنا الواحد في خلايا الآخر!

اشربي أيتها الأرض ماء ينابيعك الصافية.

وانسي فصولَ الدم.

لماذا يشهرون أسلحتهم؟

ولماذا يصرخون: تتزوّجها أم نُطلق عليك النار؟!

- طُزْ، أطلقوا النار!

لا تطلقوا النار، فأنا أُحبها! ولكنني، ولكنكم لم تكونوا مضطرّين لاقتيادي مخفورًا إليها بكل هذه الأسلحة!

قالوا: لا تُحرجنا مع أهالي المنطقة!

***

ولم يكن قد مرَّ عليَّ الكثير من الوقت هنا، وصلتُ، وكانت المعركة قد انتهتْ. وكي نبقى، أقنعناهم: قد يشنّون هجومًا جديدًا، وبعضنا قال: سيشنون هجومًا جديدًا لا بُدّ، وقرر البقاء هناك إلى الأبد!

والذين يحتفظون بجوازاتنا في أدراجهم قالوا لنا ما قالت إذاعتهم: الشباب منتصرون، وذهابكم عبء عليهم. أنتم غير متدِّربين! قالوا في المرّة الأولى؛ وفي المرّة الثانية قالوا: لا أحد يستطيع اختراق الحصار؛ وفي الثالثة: الطريق تُقصَف، الطريق التي تؤدي إلى العاصمة هناك

تُقصف. وفي الرابعة: لديهم أزمة طعام لا أزمة رجال! وسيقولون لنا أشياء أخرى في المرّة الخامسة، ثمّ السادسة. وسيسمحون لبعضنا بالذهاب، رفْع عتب! ثم سيستدعوننا بعد كل معركة!

- كيف تتجرأون على التقدّم بطلب للتطوّع؟

وكانوا يخافون الجماهير، الجماهير التي هي أنتَ وأنا وهيَ وهو وهم.

والإذاعة، حتى إذاعتنا لم تكفّ عن ترديد ندائها: "أحرقوا الأرض تحتَ أقدامهم..."

ولم تحترق أرض سوى تلك التي تحت أقدامنا! ولم تحترق سماء إلا تلك التي فوق رؤوسنا!

وستظُلّ علينا البنادق.

***

قلتُ لها: لم نكن مضطرين للزواج لأسباب أمنيَّة، وأسباب خاصة تتعلّق بعلاقة قواعدنا بالقرى!

وكنتُ أتمنى أن تقول: لا. أن تقول هي: لا. لأتزوجها فورًا!

ولكنها لم تقل لا، وتزوَّجْنا!

البنادق لم تزل في ظهري وأنا في السرير.

- كنت أُحبّها، هل تفهم؟ ولكنّهم أفسدوا الأمر! أفسدوا الأمر ببنادقهم ومدير المخفر الذي هبط التلال معهم لاصطيادنا!

ولم نكن أكثر من اثنين، عاشقين. قصفتها الطائراتُ مرّتين، وكانا مضطرين للعودةِ إلى غابتها الصغيرة، كما يعودان لبيتها الذي لم يرفعا سقفه، هاربين من التفاصيل التي تعمل أظافرها في عمريهما وتزدرد ثوانيه كبنادق جائعة!

***

وكانوا يقتربون..

دمٌ ما أنساب عبر المزراب، وتجمّع أمام بوابة القبو على شكل قطرات سوداء.

كانت الدّبابات تقترب، حين قَطَعَتْ أُمي كلامها وقالت يجب أن يتوافر طعام ما للطفلة! وكان حليبها قد جفّ، حليب أُمي، حليب الطفلة. وكنا نجفّ أيضًا.

كانت الدبابات تقترب، حين قرر الرّجال قَطْعَ الطريق عليها وتدميرها بعيدًا عن البيوت، خوفًا مما حُشِيَتْ به من قذائف!

كانت الدبابات مطمئنة، بعد يومين من القصف المتواصل، حين تقدّمتْ، حين راحتْ تَهدُرُ في الساحة الواسعة التي كنا نستخدمُ أطرافها كملاعب كُرَة قدم، ونستخدمُ منتصفها كمزبلة، كمحرقة!

خرجوا عليها من الأزقة، أولئك الذين كمنوا طويلًا وتحمّلوا دويَّ القذائف وشظاياها، وكانوا يعرفون المخيم وما جاورَهُ كراحاتِ أيديهم! لكن بعضهم أوغلَ في غابة الدبابات، سقطوا في كمين، وقُطِّعوا! رموهم على بوابة المخيم مع أحد الجرحى، الجريح الذي قال: كانوا ينادون: لحم، لحم للبيع!

الجريح الذي قال: رأيت كل شيء، ثم فقدَ بصره!

وقالت أمي: قد يكون أبي بينهم، وقلنا ذلك أيضًا لأنفسنا، ولم ننطق به.

وقالت المرأة ذات العينين الجميلتين: لن أنتظرهم هنا ليذبحونا! سمعتْها العجوزُ، فالتفتتْ إلى زوجها، زوجها الذي فهِم كل شيء، فقال: سأذهب معكِ.

وخرجا.

ولم يعد هناك من يقول لجارنا الصغير: أسمعنا ما يقوله الآخرون في إذاعاتهم.

ولم يعد يردّ: هذه إذاعات مشبوهة، ألم تسمعوا إذاعتنا كيف

تصفها!

وتجمّع أُناس آخرون في القبو، لهم ملامح قتلى يضمُرون.

ولم أقل لأُمي إن بدلة أبي قُتِلَت، وإن البيت قُتِلَ! وكانَ القبو حالكًا، ولحلكته حفيف غريب يصطدمُ بأصواتنا، فيجعلها قادمة من عالم آخر.

***

خطى مرتبكة راحتْ تتقدّم، يفضحُها البلاط؛ خطى متعَبة، كأنَّ التعب حوّلها إلى كائنات أثيرية، لا تجد القدرةَ للضغط على أرض صلبة، فارتفعتْ.

وبدا الأمر كما لو أن أحدهم قادم للسّرقة، لسرقة شيء ما. وحاولتُ البحث عما يمكن أن يشبه الحقائب، تذكرتُ أنني لم أرَ حقيبة أيٍّ منهم. وكانَ أحدهم يتقدّم، وعيناي تنفتحان وتراقبان بحذر متحفّز، لكنه دخل هناك، في السرير!

القادم بخطاه الأثيرية، المتسلل إلى غرفتهِ دخلَ السرير، ونام، دون أن يخلعَ ثيابه، وسمعتُ حذاءَهُ يسقط علِى الأرض، وأدركتُ أنه دفع الحذاء بالحذاء، أدركتُ أنه لم يستخدم يديه، يديه اللتين ربما بحث عنهما، فلم يجدهما، تحت سماء النيون المُعلَّقة بأقصى حدود الترّف.

وتواصل انسيابهم المجروح، وانعكاس أضواء سماء النيون على قاماتهم. كان المشهد سينمائيًا، يُعرضُ بالتصوير البطيء! وللحظة أحسستُ أن كل الوجوه التي رأيتها في الشارع، تندسُّ في الأسِرَّة الإثني عشر، وأن الطوابير لا تنتهي، وأن الغرفة تبتلعهم وتبتلعهم، دون توقف. وعرفتُ أنني في المكان الذي لا يجب أن أكون فيه، ولكن، بعد ماذا؟!

***

أفضل ما يمكن فعله: أن أسير وأطفئ الضوء وأُخفي هذا الفزع

الـذي يتلبّس الموجـودات في الليـل. أن أخلـط الألـوان: الـدّم عـلى الجـدران، والـستارة بلونهـا العـشبي المـريض؛ الكـراسي الخـضراء، والطاولة المائلة للونِ العَفَن؛ والسرير، الـسرير الـذي لم يكـن أبـيض! فكرتُ بذلك، أن أنام مـع المجهـول. خلعـتُ ملابـسي، اندسـستُ في المنامة، لكنني لم أجد غطاء!

صرختُ: معقول؟!

ولم يسمعني أحد.

ولم يكن هناك مكان يمكن أن أندسَّ فيه وأختفي. خرجتُ، وحين هممتُ بإقفال الباب لم يستجب؛ وكنت أعرف أن أبواب الفنادق تُغلق فور ردِّها، ولكن الباب لم يُغْلَق! فحاولتُ إدخـالَ المفتـاح في الثقـب، ولكن ذلك لم يُجدِ! تلفّتُّ حولي، ولم يكن هنـاك أحـد. صـمتٌ كامـل يفترش الممرات التي انتُزِعَ سجادها وطلاؤها، وفاحت رائحـة العفـن ثقيلة منها.

تركتُ الباب مفتوحًـا، وركـضتُ باتجـاه الـدّرجات التـي تُفـضي للطابق الثاني، وكان لخطواتي إيقاع غريب يتقاطع مع حفيف الأثـواب السوداء على شارع المطار، وهمهمات الصغار الذين يتعلّقـون بـأطراف أمهاتهم!

مررتُ بعشراتِ الغرف، لم يكن هناك أحد!

قلتُ للآخر عندما فـتح البـاب، وكانـت عينـاه حمـراوين: كيـفَ استطعتَ النومَ بهذه السرعة؟!

فلم يردّ.

وبدا غير راغب في الابتعاد عن الباب الذي يسدّه بجسده؛ في حين اختفى كتفه خلف الباب، وأحسستُ بوجود يده، يده المبتورة، مختفية! لقد لمستها هناك في العتمة، فلماذا يخفيها هنا؟!

- ما الذي أتى بك؟!

قلت: غرفتي.

سأل: ما لها؟

قلت: ليست غرفة فندق أبدًا.

فقال: إذهب ونم!!

قلت: ولكن!

سحبني من يدي للداخل فجأة وصرخ: أنظر!

وردَّدتْ صدى صرختِه الممراتُ وأحشاء الغرف، فشهقتُ كالفتاة التي صعدتْ للطابق الثالث، وخرجتُ.

***

وقلت له فيما بعد: لو نجحنا في تمرير الممنوع لمرّتْ الليلةُ! حتى ليلة كهذه كان يمكن أن تمرّ بسلام!

وسألته: كيف يمكن احتمال وضع كهذا دون الممنوع.

والآخر قال لي حين كنّا نهبط سلم الطائرة: إن المضيف يكذب. المضيف الذي قال لنا إن الممنوع دُلقَ في الحمّام. كان يكذب.

الآخر أكّد ذلك مرة أُخرى.

سألته: كيف عرفتَ؟

فقال: سأُحدِّثكَ فيما بعد.

وعندما حدَّثني فيما بعد.

قلت: ربما أتلف الممنوع بعد دخولك الحَمّام.

قال: ولكنني ذهبت مرةً أخرى في نهاية الرحلة، وأنت ذهبت.

قلت: ولكن الماء والبراز والبول، كل ذلك يخفي رائحة أي ممنوع في الدنيا!

فقال: إنه يخفي العالم كلّه هذه الأيام، لكنه لا يخفي رائحة الممنوع بصورة نهائية. ولو سكبه هناك، لتأرجحت الطائرة، لَسَكِرتْ!

وضَحِكَ..

***

رجل الأمن لم يهدأ له بال. حين نهض الآخر في المـرّة الأولى، فكّـر بأن يتبعه، إلا أنه عندما رأى يده المتأرجحة؛ كُـمَّ قميصه المتـأرجح؛ صمَّمَ على مواصلة مراقبتي.

وقلـت: ربـما يعتقـد الآن أن الآخـر سيعود بـلا شـارب أيـضًا، وابتسمت، فأحسستُ بابتسامتي المُفزِعة، لأن الآخر كان بـلا شـارب منذ ولدته أُمه!

***

فكّرتُ في النّزول إلى موظف الاستعلامات. فكّـرت أن أصرخ في وجهه: فندق أم زريبة؟!

وتخيّلته جالسًا لا يلتفتُ إليّ، ولا يـسمع كلامـي ويـشير بيـده إلى الباب: أن أُخرجْ.

أمسكتُ بالمنشفة ووضعتُها فوقَ بطنـي، بعـد لحظـة اكتـشفتُ أن عليَّ أن أبول. دخلتُ وبلتُ، ولكنني حين سحبت (السّيفون) وتـدفّق الماء، راح يتجمّع ويعلو في الحوض دون أن يُصَرَّف! خفتُ أن يفـيض ويغمر كلّ شيء! لكنه توقّف هناك عند الحافة! عدتُ، ناسـيًا إغـلاق باب الحمّام الذي هاجمتْني رائحته النتنـة عنـد منتـصف الليـل تقريبـًا، فأغلقته بعد أن وصلتُ إليه قاطعًا العتمة.

***

وكـان علـيّ أن ألـوذ بالجـدران لإخفـاء ظـلّي، وأن أراوغَ العيـون السريَّةَ التي تترصَّدني وتحدِّقَ بي من كل مكان.

***

وكنت أرفعها بين يديّ، على عجل، وانتزع قطعة القماش الصغيرة تلك. وكانتْ تنهرني سـأعطيك إيـاه. ولم أجـد تفـسيرًا لخجلهـا مـن تحديقي فيه، في حين أن يدي هناك فوق عُشبها الحارّ الذي يمـلأ كفِّـي

فَرَحًا!

قالت: سأعطيكَ إيّاه، سأعطيك ثلاثة كلاسين أُخرى وشلحتين!

ورجتْني أن أُبعده عن عينَي، وكانت تضحك.

أبعدتُه، ورفعتُها إلى السماء.. كانت تطير!

***

وكنت أقول لها إنها رائعة، لولا عادة واحدة لو تستطيع التخلُّص منها، عادة تُنكِّدُ عليَّ عيشتي!

فتسألني بجدّ: ما هي؟!

فأقول: عادتكِ الشهريّة!

***

لكنها فجأة انزلقتْ، التمعتْ عيناها برعب واضح، رعب لم أره فيها حتى عندما أغارت الطائرات علينا للمرّة الأولى، حين ألقتْ قذائفها.

يومها ضحكتْ: هل ستقولُ الإذاعة الإسرائيلية إن الغارة كانت ناجحة، وإنها أسفرتْ عن تدمير عاشقين مع كامل أسلحتهما!

هذه المرّة فزعَتْ؛ هذه المرّة همستْ بِغُلٍّ: هناك من يراقبنا بين الأشجار!

قلت: ربما عصفور!

فقالت: لا تمزحْ. هناك من يراقبنا، وحين نظرتُ إلى الجهة التي أشارت إليها لم يكن هناك أحد، وكان ذراعاها حول رقبتي.

اشتعلَت اللحظاتُ بالترقّب، فنسيتُ دهشتي بقطعة القماش الصغيرة القادرة على إخفاء كل هذه الأسرار.

هدأنا طويلًا، قبل أن أرفعها، قبل أن أستدير بها مُحاولًا أن أُقلِّد راقصي الباليه، بسرعة! وعندها رأيته، كان ممسكًا بعضوه، ويستحلبه! وقبل أن أنزلها كان قد اختفى.

***

ولم يكن ثمة شيء يُخفيها غير الكتل المتدفِّقة من لحم أُمها؛ أُمها التي أخرجتْ سريرها منذ أن استقام الرّمح في قامة ابنتها وتدفّقت الغابةُ في صدرها وشفتيها.

وضعتِ العجوزُ السريرَ كحاجز عسكريّ، وأغلقتِ البابَ، باب غرفة ابنتها تمامًا.

كانت العجوز ذات الكتل المتدفِّقة قد صعدتْ إلى غرفتي في الصباح، ووجدتْني هناك على الأرضية الترابيّة كما تركتْني! كل ما استطعتُ عمله، أنني جذبتُ غطاءً عن السرير، السرير الذي عمَّته الفوضى، وألقيتُه على جسدي.

ضحكتْ، صحوتُ، وظلتْ تضحك، وقالت إنها أبعدتْ السرير، سريرها عن باب غرفة ابنتها، وإنها كانت تتوقّع حضوري! وعادتْ وضحكتْ.

قالت: ليلة الأمس يا أستاذ ستُلزِمُكَ غرفتك طوال السَّنة!

وضحكتْ.

حاولتُ أن أنهض، لم أستطع. وبدأتُ أُفكِّر، كم ضلعًا في صدري انكسر!

نهضتُ وجلستُ على طرف السرير. هزتُ رأسي بعنف. وغشيَ عينيَّ ظلام كثيف.

وعادتْ إليَّ مساءً، وكنتُ كما تركتْني!

***

لم أعد قادرًا على النوم في العتمة، العتمة التي تُبدِّدها بخجل أضواءُ السيارات العابرة، الأضواء المتسلّلة عبرَ الستارة المرتبكة، الستارة المُنزلقة كغطاءٍ مُنزلق عن جثة في أحد الأقبية.

حين أطلّتْ وتقدّمت نحوي، لم أعرفها! وعندما اقتربتْ أكثر،

تأكدتُ أنني رأيتُ هذا الوجه. وظلَّتْ تقترب. ولم أبتعد، حتى اصطدمتْ بي.

لم أعرفها من ملامحها ولا من صوتها، لأن ملامحها كانت غائمة، وصوتها لم يغادر حنجرتها، لكن شيئًا ما خارج الحواس كلّها جعلني أنطق: فتاة المصعد؟!

ولم أبتعد. حتى عندما راحتْ يدها تعمل هادئة بالسَّحاب. تَلفَّتُّ حولي، خفتُ. كان موظف الاستقبال هناك خلف (الكاونتر) الطويل، يغزل الصُّوف بمهارة واضحة، منشغلًا!

ألقى نظرةً علينا وواصل عملَهُ بمهارة! وكنتُ هناكَ، حيث تعمل اليدان الناعمتان. اليدان اليقظتان، الرّشيقتان كأصابع قائدة أوركسترا، أو عازفة كمان! اليدان اللتان تبحثان هناك بعذوبة؛ أصابع تُغني، وتنزلق ناعمة كمياه جدول تملأُ حفرةً صخرية لا تمتلئ. كنت فَرِحًا بمراقبة حركاتها إلى درجة أنني لم أقل لها إنك تُضيعين وقتَكِ! لم أقل لها ذلك، خفتُ أن يتنبه موظف الاستقبال. فيشير إلى الباب!

ولم تكن بي رغبة للنوم خارج الفندق. حتى هذا الفندق.

قلت، دَعْها تكتشف المفاجأة وحدها. هي التي ابتدأت!

وكنتُ أتساءل: متى ستشهَقُ. وظلّت تبحث. وأنا الماكرُ، صامتٌ! كان الأمر أشبه بنكتة سمجة، لأن الوصول إلى شيء بارز مثله في العادة، لا يحتاج إلى كلِّ هذا الوقت!

رأسها يهتزّ، ووجهها مغمورًا بشعرها كان. ولم أر عينيها. ولم يُفزعني أنها قد تكون بلا عينين!

وفجأة شهقتْ، شهقتْ شهقتها التي انتظرتُها. شهقة أكثر عمقًا من تلك التي أطلقتْها في المصعد عندما أسفر عن خراب الطابق الثاني، شهقة استلتْها من بين فخديّ، وأطلقتْ قدميها في برَّ مجهول لا ينتهي! وظلتْ تبتعد فَزِعةً راكضة، وأنا أراقبها من صالة الفندق، حيث

موظف الاستقبال يغزل الصوف! ثم اختفت فجأة كما لو أنها سقطتْ في هوَّة.

***

وصعدَ الرجال ببنادقهم إلى السطح، بعد أن عرفوا بمسألة الدَّم الذي اندفع، الذي يندفعُ في المزراب. الدّم الذي لم يجفّ. وحين تسلّقوا الجانب البعيد الذي لا تدركه الدبابات. عندما صعدوا واختفوا فوق السطح. أزَّ رصاصٌ كثيف، وتدفّقَ دم جديد عبر المزراب!

نادى أولئك الذين كانوا عند باب القبو، نادوا كثيرًا، ولكن أحدًا لم يُجب وظلّ الدّمُ يسيل عبر المزراب.

وقالوا: انتقلوا من هنا، لأنهم سيدمِّرونَ المنطقة.

***

ولم ننتقل..

ودمروا المنطقة! اندفعتْ جموعٌ كثيرة من بشر فَزعين، نساء وأطفال وشيوخ، تزاحموا عند بوابة القبو، القبو الذي لم يعدَ هناك مكان آمن سواه، وتجمّعوا في الزوايا. تجمّعوا في كل شيء، بعضهم في بعض؛ وبدا وكأن المذبحة انتهت. انتشر هدوء غامض، وهبط الصمت على كلّ الألسنة، وزحفَ الليل. وفجأة غيّرت النارُ اتجاهها، وهبّت القذائفُ والرّصاص من الجهة المعاكسة تمامًا لمسارها الذي كانت تسير فيه طوال الأيام الماضية، وأصبح القبو بمن فيه في مواجهة الفوهات المجنونة، لقد احتلوا أحدَ مواقعنا.

غاصتْ وجوهنا في الأرضية الباردة. وتطاير جدارُ القبو أمام جنون رصاصِ الرّشاشات الثقيلة، وتحتَ أنوفنا كان دمُنا حارًّا. الرّصاص كالبَرَد! لقد أدركوا أننا هناك، ولم أعرف لماذا كانوا متأكدين إلى هذا الحدّ من أننا على قيد الحياة، ليواصلوا إطلاق النار بلا توقف.

لم نعرف مَن مات! كل الألسنة انعقدتْ، حتى ألسِنَة الصغار. كأنَّ

الرّصاص قد سُكِبَ في حناجرهم! والذي مات لم نعرف متى مات، أو كيف، والذي بقي على قيد الحياة كنا نشكُّ فيه!

الدم غطى كلَّ شيء، والمزراب ظلَّ يهدر طَوال الليل. نقطة المراقبة فوق السطح، كانت تهدرُ عبر المزراب، دون توقّف. وفكَّرنا في العودة إلى الملجأ الأول. الذي لم يعد له وجود، وانتشر خبر موتنا!

***

نهضتُ، وسرتُ في العتمة، أسوأُ ما كان يحدثُ لي، حدثَ، أن أنحشر ليلًا! لا أحبّ التبوّل في الليل، لا أُحبه. لا تسألني إن كنت بحثتُ عن السبب، لأنني بحثتُ، بحثتُ كثيرًا، ولم يكن للجنّ علاقة بالأمر. الجنّ الذين قد نبول عليهم أثناء مرورهم ليلًا، لأننا لا نراهم!

أُمي قالت ذلك، وجدتي، جارتنا، الكلّ يقولون هذا الكلام، ولكنني لا أُعيده!

لا، لم يكن الأمر خوفًا من الجِنّ الذين قد أبلل ثيابهم ليلًا، لأنني لا أراهم في النهار.

تقول: إنهم لا يخرجون في النهار؟! ولكن، لا بأس، هناك من يشذّ عن القاعدة، لا بدّ، لأسباب قاهرة، أن (ينحشر) مثلي، مثلًا!

إنه البَرْد، لم أكن أخشى شيئًا، أو أكره شيئًا مثل البَرْد، لا تقل لي إن الأمور تغيَّرت، لأن معظم الحمامات داخليّة الآن.

أنت تعرف، كان علينا أن نجلس تحت المَطر، وأن نُشرعَ مؤخَّراتنا، حيث تصفعنا القطراتُ السَّاقطةُ، وتتقافز فوق لحمنا مثل القَلِيَّة. الصوت، الصوت الذي يصدره المطر عند اصطدامه بالمؤخرة غريب، صوتٌ بارد، لم أُحبه يومًا؛ أما فوق السّطوح الصفيحيَّة، فيكون باردًا ومفزعًا، فقد كانَ بإمكانه دائمًا انتزاعَ سمائنا الصغيرة تلك، وإلقاءها بعيدًا!

***

تتطاير الألواحُ في السماء. وتخطو خطواتها الوحشيّة المجنونة الواسعة، من سقفٍ إلى سقف. ترتطم بسطوحنا، تتجاوزها، وترى البشر يركضون خلفها.. متتبِّعين هياجها، هائجين!

أنت تعرف أهمية السقف في فصل شتاء من تلك الفصول، قديمًا، قبل أن تجفّ ضروع السماء! أنت تعرف كيف يقودك الصفيح لتتخبّطَ في الوحل حافيًا، أعمى، وهو يتقافز، وخطاه تزرع الرّعبَ في كل السطوح. وأنتَ، أنتَ تعرف ذلك الرّجل الذي كان يركض مع أبنائه للّحاق بالسّقف، وكيف أوشك السباق أن ينتهي لصالح الرّجل، قبل أن ينعطف اللّوحُ عن مساره، ويقفز للشارع ويجتزَّ عنق ذلك الرجل، ويواصل طيرانَهُ!

إن أسوأَ ما يمكن أن يحدث أن أنحشر ليلًا. لقد فكرتُ، فوجدتُ أننا كنا نُعاني من أجل تبويلة واحدة أكثر مما يعانيه أولاد المدارس هذه الأيام في امتحانات الثانوية العامة! أن تخرج إلى المطر والثلج، أن تعود إلى لحافك، أن تندسّ بين أخوتكَ مبللًا، أن يكرهوك لأنك شربتَ الشّاي قبل النوم! كل ذلك مزعج، مزعج تمامًا، رغم أنني أفهمتهم أكثر من مرّة أن تبوّلي في الخارج أفضل من تبوّلي عليهم! ولكن من يُصَدّق ما داموا يفضّلون التبولَ عليّ؟!

أحدهم اقترح أن نبول في فراشنا، في فترات مُنتظَمة!

قلنا: سنموت بردًا.

فقال: لا، قبلَ أن نشعرَ ببرد التبويلة الأُولى، ستكون الثانية جاهزة لتدفئة فراشنا!

ومن كان يُمكنه السّهر لتنظيم مسألة معقّدة كهذه؟

***

دخلتُ الحمام. بحثتُ عن مفتاح الضوء، وحين أضيء، كان معتمًا، وقاعدته، كما تركتها، ممتلئة عن آخرها، والرائحة الكريهةُ تملأ المكان.

لم أُفكر طويلًا بلتُ في المغسلة!

***

وقال لي فيما بعد: إنه لم يكن يجرؤ على فعل شيء كهذا. حُرْمةُ الأموات؟! لا، لم يكن الأمر مُتعلقًا بحُرمةِ الأموات، ما الذي يمكن أن يحدث للميت أسوأُ من موته!

وصمتَ فجأة، قال: لو كنتُ أعرف أنني حيّ، لربما بُلتُ!

وقلتُ له: بل كنتَ خائفًا!

فقال: أنا، أنا أخاف! ثمة جسد دافئ كان ملتصقًا بظهري طَوال الوقت في الشارع، تحت عيون الجند، وكانت القطط تَحوم حولنا، ولكنّها تذهب بعيدًا، تصوَّر! كان باستطاعة قط واحد أن يقتلنا، تصوَّر: أنت ميت، أقصد من المفروض أن تكون ميتًا، ثم فجأة يأتي أحد القطط ويغرز أنيابه فيك. ستصرخ أم ستصمت؟! معادلة صعبة!

لا تقل إنك ستصمد، فأنا أتذكّر حكايتك تلك، وأعرف أنهم علّقوك بالمروحة من إحدى قدميك؛ المروحة العملاقة! وأعرف كيف تناثر قيؤك ودمك ولطّخ الجدران، ولكنك صرختَ في البداية! هنا هل كنت ستصرخ؟! أعني تحت أنياب القط! لا أُريدُ إجابة، فأنا أعرف أنك في مسألة مثل هذه، لا يمكن تَتَصَوَّر ردَّة الفعل، إلّا إذا كنت داخلها.

***

المحققُ قال لي: آه، وحاربت؟!

قلتُ: تطوعتُ، ولكنني لم أُحارب.

قال: عدتَ بزوجة، ألا توجد نساء هنا في البلد؟!

قلت: كثير!

قال: ماذا تقصد؟

قلت: لا شيء.

قال: ما طعم الهزيمة؟!

قلت: نحنُ لم ننهزم!

قال: تذهبون إلى الحرب ولا تفكّرون سوى (بمدافعكم الصغيرة)! وسألني عمَّن تطوّع.

فقلت: أنتم تعرفون.

فقال: نريد أن نعرف منكَ!

فقلت: أنتم تعرفون.

فقال: خذوه.

ودارت المروحَة.

***

وقال الآخر: لكن القطّ أدرك أننا أكثر دفئًا من قَتلى، فابتعد! أتعرف، لا تضحك، سأقول لك شيئًا غريبًا، أنا لا أذكر إن كانت يدي ملتصقةً بي في تلك اللحظات، لا أذكر أين سقطتْ!

كنتُ أمشي، وفجأة خطرَ لي أن أحكَّ ذقني، رفعتُ يدي باتجاه تلك النقطة التي صحا نملُها لأحكَّها، لكن النّمل ظلَّ يعمل!

قلتُ: إما أن النملَ أكبر مما يجب، أو أن يدي تاهت! ولكنني لم أُحس أنها ذهبت باتجاه آخر لتَحُكَّه بالطبع! وبعد محاولتين وجدتُ نفسي مُضطرًا للالتفات حيث من الطبيعي أن تكون هناك أصابعي. لم أجدها! قلتُ: يد ماكرةٌ تختفي داخل كُمِّ القميص وتلاعبني! لاحقتُها تحت القماش، إلّا أنها لم تكن هناك! فَزِعتُ. قلت: ربما اختفت خلف الظهر، مثلما يفعل الممثلون الذين يقول لنا المخرجون إن أيديهم قُطِعَتْ! لم أجدها! بحثتُ في البيت. في المطبخ، تحتَ الخزانات والكراسي، رفعتُ لحافي ونظرتُ تحتَهُ، لم أجدها. ذهبتُ إلى الحمّام، درتُ حولَ البيت. لم أجدها! خرجت إلى الشارع وإذا به ممتلئ بالجنود والدبابات ورشاشات 500 ومدافع 106 المحمولة على سيارات

اللاندروفر والتويوتا، قلتُ: لا بدَّ أنني أسقطُّها في طريق عودتي إلى البيت!

توقّفتُ عند أحد الجنود، سألته إن كان رأى يدًا مبتورةً هنا، هزَّ رأسه نافيًا، فأحسستُ أنه أخرس!

طَرَقْتُ حديدَ دبابة متوقّفة هناك قرب أحد المخازن الكبيرة المُدمَّرَة. أطلَّ من البرج ضابطٌ نصف نائم!

صرخ: ماذا تريد؟! لماذا تزعجني؟!

قلت: يا أخ.. هل رأيتَ يدًا ملقاةً هنا؟!

قال: يد! ما أوصافها؟!

رفعتُ يدي السليمة، وقلت: مثل هذه تمامًا!

هزَّ رأسه بالنّفي، فابتعدتُ. لحقني صوته: يا أخ، يا أخ!

قلت: نعم.

قال: بإمكانك أن تبحث هناك.

تتبّعتُ اتجاه إصبعه، فإذا بكوم ضخم من البشر القتلى المختلطةِ أعضاؤهم!

***

وجدنا رؤوسنا أخيرًا، أيدينا، أرجلنا لننهض، ولم يعد الرصاص يهب من تلك الجهة، وقيل لنا إن الشباب استعادوا الموقع، وتفقّدنا بعضنا بعضا، تفقدنا أولئكَ الذين لم ينهضوا، الذين ظلت أجسادهم على الأرض. وحين بدأنا نتحرّك، كنا نخبُّ في دم لم نعرف في البداية أنه دم! والمذياع، المذياع كان قد توقّف، فتذكرتُ مسؤول الإعلام، جارنا الصغير، ولم يكن المذياع يفارق حضنه، قُلت: قُتِل! ولكنه لم يمُت، كان الدّم قد تسرب إلى الجهاز الصغير، فَشَرِقَ، اختلطتْ موجاتُه وتشاجرتْ أسلاكُهُ في الداخل. صَمَتَ..

أُمي نادت علينا واحدًا واحدًا، تفقّدتْنا؛ وكانت هناك أُمهات لم

يستطعن تَفَقُّدَ أولادهنَّ، أولادهنَّ بحثوا عنهن بعويلهم المجروح!

وصرختْ أُمي: الصغيرة ماتت!

بكت، تحسّستْ بأصابعها فستانها الصغيرَ، بحثا عن خروق قد يكون الرّصاص أحدثها، وبحثنا عن أي أثر لروحها فيها، لم نجد!

ولم أقل لها: إن بدلة أبي قُتِلَتْ، لم أقلها.

واقتربت مجموعة من الشباب، على الصراخ المنطلق من القبو وحاولوا تهدئتنا. طلبوا من أحيائنا أن يخرجوا، وانفردوا بموتانا.

لم يكن هنالك جرحى في الداخل.

أمي حملتْ طفلتَها وهمستْ: إن ابنتها لم تمت! وكانت يدها لا تكفّ عن تلمُّس الفستان باحثة عن ممرٍّ للموت يقنعها أن روح الصغيرة قد خرجتْ منه!

.. وفجأة صمتتْ. وكما لو لم تكن تلك ابنتها، ناولتْها لأحد المقاتلين، فأخذها!

وجلسنا أمام القبو، استند جارنا الصغير عليّ، وقال: اشتقتُ لأمي.

وخرج..

وعندما عادَ، كان يحتضن عدة قذائف بيديه الصغيرتين، ويندسُّ في القبو صامتًا!

خفنا، وتراجع أكثر من واحد باتجاه الحائط، وأطبقتْ العجوز على رأسها بكفَّيها. وصرختْ: بِدَّكْ تموتْنا؟!

فقال: لا تخافي! ذخيرة الشباب انتهتْ، انتهت تقريبًا، وقد أَحضرتُ هذه القذائف لإصلاحها، هذه قذائف أطلَقوها علينا، لم تنفجر، سأُصلحها وسنطلِقها عليهم!

وقالت: أصلحها في الخارج، الله يصلِحك! قبل أن تنفجر وتقتلنا كلّنا!

فقال: اِطمئني، أنا ميكانيكي!

***

وقال الآخر: لقد فاجأونا، انتصبوا فوق رؤوسنا، بأسلحتهم، وبفزعهم، كانوا قد تمكَّنوا من اختراق خطوطنا، واحتلال قطاع كامل من المخيم.

وصرخَ مسؤولهم: كل هذه القذائف، ولم يزل مثل هذا العدد من الأحياء في ملجأ واحد! هل تنبعون من الأرض؟!

وتحدثَ مع مسؤولهم الأكبر باللاسلكي، سأله: لدينا عدة عائلات هنا، ماذا نفعل بها؟

فَرَدَّ مسؤوله: قوموا بما تمليه عليكم قلوبكم!!

فتراجعوا خطوات وفتحوا نيران رشاشاتهم علينا.

***

كان رأسي على ركبته حين صحوت ليلة الدَّم الكبيرة تلك، وعندما فتحتُ عينيّ قال لي: لا تخف مما ستراه، جارنا الصغير قال: لا تخف مما ستراه! وقال لي: إنه رأى كل شيء تدريجيًا، حين كانت الشمس تشرق.

كنا مُلَطّخين بدم جاف، ملابسنا، وجوهنا، أيدينا، كلّنا، ورأيتُ العجوز تبكي في دخولها وخروجها من القبو، كانت تغرف الدّم بمجرود بلاستيكي، الدّم الذي تجمّع قرب الباب، حيثُ لم يستطع المصرف الذي يعبر الشارع تصريفَ الكمية كلّها، تَخَثَّرَ كما لو أنه أُصيبَ بجلطة!

بَدَّلنا ملابسنا أُسْرَةً أُسرَةَ في الداخل، وكنا نحتاج وقودًا فأشعلنا النار بملابسنا التي تشرَّبت الدّم.

وفاحت رائحة لحم بشري تملأ المكان.

…… ……

وفي الليل كنا نخشى إغماض أعيننا.

***

أمي قالت لي: إن جارنا الصغير لم يزل ساهرًا.

وأبي قال: إنه يعمل كلَّ ما عليه، دون أن يقف أحدٌ فوق رأسه!

وكنتُ أعرف ذلك أيضًا! كان يُشعل قنديل الكاز، القنديل الذي صَنَع له مِنقلًا بثلاث أرجل طويلة، يضع إبريقَ الشاي فوق المِنقل، ثم يُدخِلُ القنديل تحته ويبقى ساهرًا إلى أن يغلي الماء، يصنعُ شايه، يشربه وينام.

***

نحن لم نكن نستطيع شربَ الشّاي قبل النوم..

قلت للآخر..

***

وقلت: لم أعد قادرًا على النوم.

وقال لي: الذي لا ينام يصحو قبل الجميع!

وقلت: إن المغسلة تلعبُ دورًا هامًا أحيانًا، أكثر من ذلك المرسوم لها.

ولم أقل: إنني بحثتُ طويلًا في الهُّوة، قبل الوصول (إليه)! في الماضي، كانت تصيبني مثل هذه الحالات. أصحو فأجد نفسي في القمة! أذهب إلى الحمّام. أُحاول توجيهه إلى حوضه الصغير، يأبى، ولم يكونوا قد فكّروا بعد باختراع المدفع العملاق!

أُحاول أن أثنيه بالقوة، لكنّه يزدادُ إصرارًا! فأضطرُّ إلى توجيهه إلى الحائط. وأحيانًا إلى (البانيو). أعرف أن هذا غير لائق. ولكنني لم أكن قادرًا على هدهدته حتى ينام، ثم أبول!

لقد بحثتُ عنه طويلًا حتى وجدته في الضوء المعتم، الضوء الذي أحببتُ أن يكون معتمًا ربما، دون أن أدري.

.. كل مرحلة ولها مشكلاتها. عندما كنتُ صغيرًا، كان المطر هو الذي يضايقني، وحتى عدم وجود المطر كان يضايقني؛ وعندما أصبح لدينا حمّام، كنا نخشى الجلوس فوق فتحته، كنا نخاف الوقوع في الحفرة! وهذا كان يزعج أُمي، فتصرخ: مينْ عمَلْها على البلاطة؟! كان ذلك يُرهقها، فلا نعترف، ولم يكن بإمكانها أن تعرفنا من بُرازنا، لأننا أكلنا من مذود واحد! الآن توصلتُ إلى نتيجة: قُلْ لي ما هي الصورة التي عليها حمّامك، أقُلْ لك من أنت، أقصد اجتماعيًا!

مرةً ذهبتُ إلى بيت خالتي، وكانت لديهم قطعة من الأرض يزرعونها بالبندورة؛ حين انحشرتُ، همستُ في أُذن أُمي، ومثل هذا الهمس جرأة كبيرة، كنا نفضل أن نبول على أنفسنا ألف مرة، قبل اقترافها! أمي همستْ لخالتي، فقالت خالتي، إذهب هناك، وبُلْ بين (الزَرِّيْعَة)!

شهقتُ، أنت تعرف أن هذه الشّهقة جزء أساس من حياتنا، كل ما يحدث لنا الآن، أقصد دائمًا، يهدف إلى شيء واحد، أن ننساها. حين لا تشهق أمام خراب، تكون قد اعتدته، وحين تعتاد، يكونون هم قد انتصروا عليك.

شهقتُ وقلت: (أَثُخ) على البندورة؟!

قالت خالتي: آه يا حبةْ عيني (ثُخْ) على البندورة؛ و(ثخيت).

في المساء قدّموا لنا العشاء. كانت هناك سلطة بندورة، وطبخة بامية، وشيء من هذا القبيل. فلم آكل!

قالوا: ستجوع.

قلت: لستُ جائعًا.

ولم يعرفوا السبب.

ولم أعد آكل البندورة أبدًا!

***

وقال لي الأخر: إن القطط لم تأكلنا، وهذا لا يعني أنها (ثخّتْ) علينا! القطط بريئة من دمي، ومن دم ذلك الدّفء الذي كان ملتصقًا بي، قبل أن يُلقونا داخل صندوق القلّاب. لقد افتعلتُ أكثر من دحرجة، حين كان القلّاب ينعطف انعطافات حادّة، أو يدخل أحد المطبّات، لأصل إلى هناك، إلى ذلك الدفء. ولم أستطع.

كانت مرآةُ السائق تخيفني، مثلَ السماء التي فتحتْ نارها؛ ولم أكن استطيع الحكم بدقّة: إن كانَ السائق معنا أم معهم! لم أكن قادرًا على المغامرة، على أن أرفع رأسي إلى طرف الصندوق، لأُحدِّق، لأصرخ، أو لأقفز، وأنا أسمع محركات الدبابات تهدر؟! والسائق، هل كان معنا أم معهم؟ لماذا أُغامر؟ ما دامت السماء نفسها قد حددتْ موقفها لغير صالح الضحايا!

توقّف القلّاب، وتساقطتْ جثث أُخرى فوقنا، بيننا، ولم أعد أرى السماء؛ وهاجمني البرد الذي لم يدم طويلًا. عدتُ لأُحس بالدفء ثانيةً في الحفرة الكبيرة، ثم فارقني إلى أن عادت واعتذرتْ. وهمست: إن البردَ كان هناك في سريرِ زوجها!

قلتُ لها: على هذا كان يجب أن تتجمّدي.

وخفتُ أن ألامسها.

إلا أنها قالت لي: إن يدًا واحدة تكفي أحيانًا لضمِّ امرأة!

وخفتُ أن تذوب إذا ما احتضنتُها.

***

وقلت: الفتاة لم تعد ثانية، فتاة المصعد لم تُكذِّبْ نفسَها! وقلت: أشياء كثيرة ازدحمتْ في رأسي مرة واحدة. قلتُ له. ولكن صورة موظف الاستقبال ظلّت كما هي: جالس خلفَ (الكاونتر) ويغزل الصوف. والفتاة لم تعُد ثانية. لم تُكذِّبْ نفسَها، هل خافت السقوط هناك في هوّتي؟! لا أعرف، نمتُ، لا غفوتُ قليلًا وانتظرتُها، لم تأتِ.

صحوتُ، وأبقيتُ عيني مغمضتين، فتحتُ نصف إحداهما، راقبتُ عودتَها بخبث. لم تعد، كنتُ أخشى التحرُّك، مع أنني فكَّرتُ أكثر من مرّة بتحسّس شاربي، شاربي الذي لم يعد موجودًا! وفكَّرتُ أن أبكي فتذكرتُ أن البكاء لا يأتي بقرار، يأتي البكاء حين نبكي، ولم يكن هناك شيء محدد يمكن أن أبكي عليه!

***

قلتُ: سيطلُّ الصباح بعد ساعات قليلة، وسأنتظره، أعني الصباح، صباح تلك المدينة البحرية التي لا تشبه هذه! كان صوت البحر يضربُ الشاطئ فيخترق النافذة المغلقة، كنت شاهدتُ الأضواء المنعكسة عن مياهه، عند دخول الفندق، كانت تتموّج قلت: لعل البحرَ يغمض عينيه بخبث أيضًا، ويراقب.. ينتظرني.

وقلت: إذا ما ألقى عليك أحدهم مَاءً وأنت نائم، ستصحو: أليس كذلك؟

قال الآخر: أجل.

قلتُ: ولكن ما الذي يمكن أن تُلقيه على وجه البحر ليصحو!

فقال: امرأة. ألم يفعل المصريون القدماء ذلك مع النيل؟!

ارتفع صوت الموج، رحتُ أركضُ وقد أمسكتُها من يدها، كانت حافية، ليس هناك أجمل من امرأة حافية تركض قرب البحر. أركض باحثًا عن فتحة صغيرة. لم أستطع تركها ورائي. كنا وحيدين على الساحل والأسلاك الشائكة تفصلنا عن الموج الكبير. وكان الموج يدعوني، أفلتْنا من مهمّتنا وعيون المشاركين في المؤتمر، مؤتمر تضامن مع شعبنا، وركضنا. شدّتني وقالت: سيأتي الرجل الذي أُحبه غدًا!

وقلت لها: إنني أحبّ البحر. وأنا رجل بلا بحر!

وقالت وهي تتعثر بقدميها والرمل: إنه يشبهكَ!

قلت: لا شيء يشبهني، لا أحد يشبه أحدًا، وحتى البحر لا يشبه

البَحر، وكنتُ أبحث عن مُشَادَّةٍ!

وعندما حاولتْ أن توقفني، ابتعدتُ تاركًا يدها معلَّقـةً في الهـواء، وقدميها في الرّمل الناعم، وشعرها في الريح!

صرختْ: انتظرني.

وركضتُ.

وكان البحر يحاول الإفلاتَ من ساحلهِ مخترقًا الأسلاك الـشائكة، وكنت أُحاول إيجاد منفذ إليه.

قلت: ألقي بنفسي على الأسـلاك، ولأكـنْ طـائرَ الـشّوك الآدمـيّ الذي لا يستطيع ردَّ البحر الذي يناديه! كنتُ أُحس أنني موجة أفلتتْ من جسده، وأنها ستموت في الرمل إن لم تعد!

وصدري ممتلئًا بالأزرق الليليِّ كان.

***

أَتذكُر السمكةَ التي اصطدناها مرّة؟!

قال: أيّ سمكة؟!

- تلك التي قفزتْ من كـيس البلاسـتيك الـذي كنـا نجمـع فيـه غنائمنا من السّمك.

قال: آه، أذكر.

قلت: أذكر أنكَ قفزتَ، حين رأيتها تتلعبط هنـاك فـوقَ الحجـارة الصغيرة، وأنا أمسكتكَ. كنتَ تريدُ إعادتها إلى الكيس. قلتُ لك: لقد أخذنا فرصـتنا كاملـة حـين أخرجناهـا مـن المـاء، وعليهـا أن تأخـذ فرصتها في العودة إليه إن استطاعتْ! تعرف. لم أكن أتـصوّر تحت أيّ ظرف أن بإمكان سمكةٍ صغيرةٍ بحجمها أن تملك من القوة ما يجعلهـا تقطع مسافةً كبيرة كتلكَ لكي تعود إلى الماء!

وقال لي: الأهم من ذلك كله، أنها لم تتقافز في اتجاه معاكس للماء!

فجـأة رأيـتُ بـاب البحـر، ظهـرتْ فتحـة في الأسـلاك، عـدوتُ

باتجاهه.

صرختْ: انتظرني، لا تدخل الماء، الماء بارد!

وقالت: ستغرق.

ولم أدرِ كيف عرفتْ أنني لا أستطيع السباحة!

هل كان بإمكاننا أن نصرخ، أن ننادي بأعلى صوتنا على السمكة ونقول لها: انتبهي ستغرقين؟!

لم يكن ثمة أمر يمكن أن أنفِّذه في تلك اللحظة، أن أُطيعَهُ، سوى أمر البحر، وكان البحر ممتلئًا بالسفن الخارجة من بيروت.

تعرف: لم أحس أبدًا أن تلك السفن التي خرجتْ من هناك قد رَسَت في مكان، أي مكان، حتى هذه اللحظة! وقد حاولتُ أن أُحدِّد مكانها في هذا الاتساع المائي الأسود تحت ظلمة الليل.

وصرختْ: توقّف.

وقال البحر: تعال.

ورحتُ أختفي في الماء، ولم يتوقف البحرُ عن دعوتي للدخول أكثر وأكثر.

وظلتْ تصرخ: عُدْ. عُدْ.

***

فكّرتُ بالعودة إلى المرآة، حين تذكرتُ شاربي. فكرةُ دخولِ الحمّام كانت انتحارًا! عدلتُ، وكنتُ قد جرحتُ نفسي بسبب ارتجاف يدي. أنتَ تعرف ما الذي يعنيه اجتياحُ شارب بشفرة ذات حدّين! حاولتُ أن أُداري الجرح، أن أشيح بوجهي عن كلّ مَنْ يصادفني. أُمي أمسكتْ بي وقالت: تريد أن ينبتَ شاربكَ يا مقصوف، لا تستعجل الهَمّ!

وقال أبي عندما رآني ناصعًا كصحن ألمنيوم مجليّ بصورة مبهرة:

والله وصرت زَلَمه، لكن ما راح أخاويك[3]!

قلتُ لك: إن حلْق الشارب فضيحة، فضيحة كبيرة! كيف لاحظوا أنني حلقت شاربي ولم يكن شاربًا على أيّ حال؟! كان زغبًا يتحسّس معناه!

رحتُ أراقبه جيدًا، شاربي، وأسحبه شَعرة شعرة، وانتظر تحوّله من اللون الأشقر الفاتح، إلى الأسود بلهفة. لكن أبي لم يعاملني كأخ، في حين أصرّتْ ابنةُ الجيران على ذلك!

***

كلما اقتربتُ منها، وفي يدي الرسالة انتفضتْ مصعوقةً وقالت: ابتعد، سيرانا الناس!

كانت أصغر مني قليلًا؛ أُمي تؤكد ذلك. إلّا أن رمانتيها النّاهدتين تحت فستانها، هما أصل البلاء. كنت أركض لألحقَ بهما! أتعرف، من الصعب أن تجاري نهدًا يتفتّح، أو يكتمل!

لم تقل لي: أنا لا أحبك، لا، لم تقل.

ولكن شوارب الأولاد كانت قد نبتتْ قبلَ شاربي واسودّتْ. كأنهم حجزوا دوْرهم قبلي! كأنهم سيستقلون الحافلة، ويتركونني هناك على الرصيف! كأنهم سيستلمون (المؤَن) ولن أستلمه، لأن الوقتَ انتهى! وكنتُ أُريد اللحاق بهما، ولكن، كان عليّ أن أتجاوزهم أولًا؛ أن أتجاوز شواربهم، وأحدّق في رمانتيها اللتين لم تتوقّفا عند حدّ، وأصرخ، كنت أصرخ، متى سيتوقف نموّهما؟!

***

وقال لي: لماذا لا ينمو السّاعد المبتور كالشارب، كالشَّعر، كالأظافر، أو يتمدّد على الأقل حين نحتاجه، مثل (ذاك)!

---

[3] - أتّخذك أخًا.

وقلت: إحمدْ ربَّك.

فقال: على ماذا؟!

قلت: محظوظ من كان يُصاب بجرح خطير في طَرَفٍ يمكن بتره، حين لم يكن هناك سوى الماء والملح لتطهير الجروح. لقد رأيت كيف يموت الناس.

وقال: لقد عشتُ بينهم، أعني الأموات!

وقال: إن المسألة لم تزل حتى الآن معقّدة، في ذهني، لأنني متأكد من أنني متُّ حين اندفعت القنبلةُ بعد الرصاص، وابتلعت الحائط؛ الحائط لم يتهدّم، الحائط تحوّل إلى غبار، ذرّاه الانفجار، والرصاص مشّطَ الهواء ومشّطنا.

قد أكون مدينًا لك بحياتي، ولكن، يهيّأ لي أنك لم تقل الحقيقة كاملة! لم يكن أحد قادرًا على اقتراف الجرأة، جرأتكَ، أمام كل تلك الدبابات! متأكد أنا، أنك كنتَ بيننا؛ لم تكن في لحظة قَتْلِنا، ولكن قد تكون صعدتَ للصندوق عند توقّف السيارة في واحدة من محطات القتلى، وقد تكون سبقْتَني للقبر!

قلت: جرأتي لم تكن في تحدّي الدّبابات والجندي الذي سحبَ الأقسام، الجنود الذين تراكضوا، السلاحَ الذي قرقع؛ الجرأة التي لم أصدّقها حتى الآن: كيف استطعتُ أن أدوس على لحم بشري، على ذراع، وجه، صدر، عانة!

أحيانًا أستعيد ذلك الإحساس فلا أجرؤ على النزول من السرير. تفهم؟

لم أفكِّر ساعتها بشيء، لم أفكر كيف سيلتوي ذراع، أو يُكسرُ تحتَ قدميَّ! منذ ذلك اليوم، أسترجع بطريقة غريبةٍ ما حدث، وأُحس بالوجه كيفَ يمكن أن يكون تحتَ القَدَم، بالبطن؛ بتعثري بطرف الذقن، وأنا أطأ العنق! ولم أكن أبحثُ عنك، كانت أمي قد قالت لي:

اِذهبْ وابحث عن أبيك. قيلَ، قد يكون في القبر الجماعي، فذهبتُ، نعم لم أكن أبحثُ عنك، ولكنني وجدتكَ! ولم يكن أبي هناك لأعود به، فعدتُ بكَ! وأمي، أُمي كانت تريدني أن أعود بكلٍ ما ترسلني من أجله، وكان ذلك صعبًا، حتى بعد أن ماتت الصغيرة، أُمي قالت لي: إذهب، وابحث عن بعض الحليب لأختك!أختي التي ماتت! ثم أجهشتْ بالبكاء، أمي. وقالت: اِبحث عن أيّ شيء.

وذهبتُ.

للحظةٍ أحسستُ أن أُمي تريد التخلّص منّي، لأن ذلك يكفل توزيع حصّتي على الصغار! أنتَ لا تعرف ما الذي يمكن أن يحدث داخل الإنسان في لحظات كهذه! وكان هناك من يَضْمُر وهناك من يتقيأ، وهناك من يعاني من إسهال شديد، كأنَّ يدينٍ مجنونتين تعتصرانه. وهناك من جحظت عيناه، انتفخ بطنه. وأمي، أُمي التي قالت إنها عاشت بما فيه الكفاية، وأن على الصغار أن يأخذوا حصَّتهم من الدنيا؛ من يدري إن كانت تعتبرني من الكبار أم من الصغار! حين قالت لي: إذهب وابحث عن أيَّ شيء، أيّ شيء يؤكل!

***

أشار إليَّ أحد الرجال من خندقه: أن ابتعد.

فابتعدتُ.

قال: إن المنطقة مكشوفة، وإنهم تقدّموا، ونبّهني لوجود قنّاصين.

تجاوزتُ عددًا من الأسوار، عبرتُ أحواش بيوتٍ مهجورة، أو مهدَّمةٍ، ولم يكن هناك سوى الفوضى، وجفاف التماعِ الأواني المتطايرة، وفتات الزّجاج. لم أترك لهم فرصة ليروا جسدي، حيث كان الرّصاص يئزّ قريبًا، والقذائف تتساقط بعيدًا، ربما قرب المستشفى.

كان اجتياز الشارع الأخير هو المشكلة، بعد أن دُمِّرَت المخازن، مخازن التموين، تلك التي كانت خلف الملجأ، الملجأ القبر!

وعدتُ..

***

كنتُ على وشك الغرق. حُمّى عـابرة ضربـتْ أطـرافي، فارتجفـتُ. وكانت تشدّني إليها. كنت ضـائعًا، ضـائعًا تمامًـا. وللحظـةٍ، اختفـى صوت البحر، وظلّ صـوتُ ارتطـامِ قـدميها بالرمـلِ يرشّـني بغيـاب عجيب، ولم أكن أسمع صوتها تمامًا. كانت تهزُّني، وتنـاديني، ولم أكـن أردّ، ربما كانت تسأل، وتعيد السؤال، ولم أكن هناك!

وتنبّهتُ على يدها تطوّق كتفي، عند بوابة الشَّاليه، وتنبهـتُ عـلى يدها تدخل جيوبي وتبحث.

***

وكنّا نثقب جيوبنا، ثـم (نُخرجـه) مـن الفتحـة الـصغيرة! نُلطِّـخُ أيـدينا بالـسَّخام أو الطـين، وننـادي مـستغيثين، حتـى يـأتي الأولاد! فنطلب منهم بأدب جمٍّ أن يناولونا مناديلنا من داخل الجيوب! ونـدير جيوبنا التي يقبع فيها الفخُّ اللّحميّ القاسي، فتسقطُ الفريسة بـسهولةٍ، تمتدُّ اليدُ وتبحثُ، ثم فجأة ترتطمُ به! أغبـى الأغبيـاء كـانوا يـدركون فورًا أيّ شيء ذاك الـذي لامـسوه! فيـصرخون ويـشتمون ويتابعوننـا بالحجارة واللعنات! ولم يكن هناكَ مجال لأن يُلـدَغَ الأولاد مـن ذلـك الجُحر مرتين! مرّة واحدة تنفخُ فيهم الشَّيطنة. لكن ممارسَة هذه اللعبة مع بنت كانت أكبر من مغامرة!

***

وظلّتْ تبحثُ هناك داخل جيبي. أحسستُ بيدها تصل، لكنهـا لم ترتطم بشيء! هل اكتشفتُ الهوّة للمـرة الأولى هنـاك، عـلى الـشاطئ، حيث السفن تُبحر في الليل باحثةً عن الأرض؟! ربـما اكتـشفتُها قبـل ذلك مرتين أو ثلاثًا.

نحن ننسى، ننسى لنعيش، لكننا لا ننسى تمامًا، كي لا نموت.

قالت لي: اجلس هنا، سآتي بالمفتاح.

وذهبتْ

لم يكن الفندق مهيأً لاستقبال الوفود، بقدر ما كان مهيأً لاستقبال السياح، في بلد سياحي مفتوح على البحر. جلستُ، وانتظرتُ. عادتْ، دسَّتْ يدها تحت إبطي وانتزعتْني من العتبة الحجريّة، وانفجر الضوء فجأة، حين أضاءته.

عدتُ من غيابي حيث فوجئتُ بوجودها في غرفتي، كأنها لم تذهب ولم تأت بالمفتاح، ولم تنتزعْني من العتبة الحجريّة!

قالت: سأبقى معك الليلة!

قلت: لا ضرورة لهذا!

فرمقتْني بنظرة.

وقالت: أخشى أن تعودَ إلى البحر ثانيةً.

قلت: لا تخافي.

وأصرَّتْ أن تخاف!

لمحتُ كيسًا بلاستيكيًا صغيرًا في يدها، لمحتُهُ حين وضعَتْه جانبًا، عندما اقتربتْ مني، وبدأتْ بفكِّ أزرارِ قميصي، دون أن تترك لي مجالًا لأن أُفكّر بما تفعله! وتحدَّثتْ عن البَرْد وأهميّة أن أُبدّل ملابسي المبتلة بسرعة.

كانت تمارسُ عملها كطبيبة، أمام حالة مرضيةٍ عاديةٍ، ببساطة أذهلتني! وحين وصلتْ إلى الحزام، قلتُ لها سأخلعه، تناولتُ المنامة، ودخلتُ الحمّام. قالت: لا تعد بسرعة!

وعندما عدتُ رأيتها في الضوء امرأة أُخرى، بشلحتها السوداء، التي أطلقت قدرًا هائلًا من البياض الأنثوي غامرًا مساحة الغرفة، خفتُ!

قلتُ: ليستْ هيَ، ربما امرأة عَلِقَتْ بثيابي، كانت في البحر، وهنا

تجمَّعتْ قطرةً قطرة! خطتْ باتجاه الحمّام، أحضرتْ منشفةً وبدأتْ بتجفيف رأسي، رأسي الذي وجدته يرتطم بصدرها، صدرها الذي لم يكن يُجارى. لحقتُ به.. وجفَّفتْ شاربي!

***

شاربي الذي أدرك التحدّي فجأة، تحدّي نهدين ملكَين، فاختصرَ الزَّغَبَ وبرودةَ الشَّقار اللزجة.

توصلتُ إلى الفكرة أخيرًا! رحتُ أركض في الأزقة، أزقة المخيم كلها، تلك الطويلة الموازية للشوارع، وتفرّعاتها.

الآن، الآن أقول: لو راقبني شخص من الجو لرآني كفأرِ المتاهة!

ووجدتُ نفسي أمام شُبّاكها.

شباكها الخشبيّ الأزرق، بشقوقه وطلائه المتقشّر عند الجوانب. طرقتُ الشباك، خرجتْ. رفعتُ يديَّ الملطختين بالسَّخام، السِّخام الذي لم أدر من أين جاء، وأحسستُ أنها فهمتْ. اختفتْ داخل الغرفة، ثم سمعتُ الباب ينفتح.

خرجتْ، دون أن أطلب منها، مدتْ يدها إلى جيبي، وراحتْ تبحث، فاصطدمتْ به، ولم أكن خائفًا أن تصرخ، وأن تستحضر الفضيحة بكامل تفاصيلها! اليد الدافئة الصغيرة التي تُوصلُ بطريقة من الطرق إلى نهدين ملكَين، عارمين، لم ترتجف! لم تبتعد! وظلتْ دافئة، تحرَّكتْ، لم تتحرك لتبتعد، تحركتْ لتظلَّ قابضةً على المفاجأة، وتفجَّرَ دفء لَزِجٌ، اختلط بدفء يدها!

فصحوتُ آخر الليل على برودة بينَ ساقيَّ، وركبتين واهنتين.

هل كانت تلك هي المرّة الأولى لفض بكارة الحلم؟!

***

وحين رأيتها في اليوم التالي، كنتُ خائفًا أن تسأل عما فعلتُه معها في الليلة الماضية، لكنّها لم تفعل، فتَنَفَّستُ!

***

وغمزتْ الزّنجيةُ - الرُّمح، الزّنجية-الغابة..

- متى راح نشوفك يا أستاذ؟!

وقلتُ إن عليَّ أن أتغذّى! أنتَ تعرف أن الغذاء هام لمثل هذه المسائل! يحدث ذلك مع العرسان! أُمي أحضرتْ لنا زوجَي حَمَام، لا أدري لماذا الحَمَام بالذات؟! وهل أطلقوا اسم الحَمَام على (الحَمّام) أولًا أم أطلقوه على الحَمَام ثم سمّوا (الحمّام) باسمه؟! ثمة علاقة وطيدة لا شك، وقال: إن جارهم (الرِّيحاوي[4]) الأسمر قدَّمت له أُمه صبيحة ليلته الكبيرة غُرابين مذبوحين، لأن لدية (غرابًا)!

وضحكَ كثيرًا.

فقلت: أنا لا أمزح!

بحثتُ عن غذاء حقيقي يُمكّنني من اجتياز سرير أُمّها؛ وقمتُ ببعض الألعاب الرياضية السّويدية، هل هي من السويد؟! لذا سمّوها سويدية! وأكلتُ ثلاث علب سردين، وثلاث تفاحات، ورغيفين! أكلتُ كل ما وجدته، وقلتُ إن شيئًا من هذه المأكولات لا بدّ سيفيد!

واسترحتُ طَوال فترة العصر، وحين صحوتُ، كانت أصوات الذّئاب تندفع مجروحةً من الجبال المحيطة، والأفعى تطاردُ الفئران في السّقف.

نزلتُ، بل قفزتُ من السرير، كنتُ على أُهبة الاستعداد، ، قلتُ سأفاجئها أنا هذه المرّة، وسأكون سيّد الموقف! واستطعتُ اجتيازها دون أن أُحسَّ بألم في أي ضلع من أضلاعي، أضلاعها هي التي تكسَّرت هذه المرّة!

وحين رفعتُ يدي لأفتح الباب، انفتح وحده، كان أشبه بباب

---

[4] - نسبة إلى مدينة أريحا.

إلكتروني لفندق أو مطار! وتعجبتُ، قلتُ لعلّني فككتُ السِّحر المضروب، حين ضربتُ ضربتي الصائبة هذه المرّة.

دخلتُ، وسمعتُ صوتها من الدّاخل، يدعوني! تلمَّستُ العتمة برغبتي وسرتُ نحو مصدرِ الصوت، وأحسستُ بيد تسحبني، وكنتُ ادّخرتُ (مائي)! قطعته من منتصفه! وأربكتُ رادارات أُمها بالصوت وعنف اللقاء!

أقبلتُ عليها، وقلت: لقد أتيت!

لم تُمْهلني، التحمنا، وبدتْ لي أصغر حجمًا في الظلام، وقلتُ: ربما لإحساسي الكبير بنفسي، بدأتُ أرى كلّ ما أُمسكه أقلّ حجمًا منّي! تعرف، ربما كانَ للتّمارين دوْرها، ولما حشوتُ به معدتي! ولكنني تعثرتُ، أقصد أنه تعثَّر أكثر من مرّة! وقلتُ ربما أكون الأول، فكل ما كان يدورُ من كلام يؤكد ذلك، كلهم يقولون، لم يستطع أحدٌ تجاوز سرير أُمها!

ونجحت أخيرًا، وصَرَخَتْ.

وحين هدأنا سمعتُها تسألني: هل أرهقتكَ ابنتي؟!

قلت: تقصدين أُمّك؟!

قالت: لا، ابنتي!

قلت: أُمك!

وأشعلتُ عودَ ثقاب، وصرختُ أنا هذه المرة!

لم يكن في الداخل غير الجدّة! ورحتُ أركض.

***

أمسكتْني من يدي في ذلك الشّاليه السّاحليّ، ومشتْ بي باتجاه السرير.

قلتُ: كيف عرفتْ أنني أنام على هذا؟! وكان السريران مرتّبين تمامًا. أجلستْني، وجلستْ قربي. رفعتْ ذقني، واقتربتْ من وجهي

كثيرًا، وكان فيه رائحة بحر، وهمستْ من بين شفتين عطشانتين: إنه يشبهك، يشبهك تمامًا!

وقلتُ: هذا أكثر المداخل سذاجة مما قرأتُ أو سمعتُ! وتساءلتُ عن عقلها أين ذهب! وكنتُ أعرف أنها الأفضل بين كل الحاضرين، رجالًا ونساء.

قلتُ: عبقريةٌ هناك وساذجةٌ هنا!

تلاشى بياضها فجأة، البياض الغامر، بكل منابعه ومصبّاته. وراحتْ ترتجف شَبَقًا، قالت: أعرفكَ من زمن، وانتظرك!

لكن شيئًا ما في جسدي كان مفقودًا!

قلت: إنني متعب وأريد أن أنام!

استجمعتْ كلَّ ما فيها من بقايا قوّة، وهمستْ: لا بأس، يحدث هذا للرجال أحيانًا!

قلت في نفسي: مجرِّبة، أم مثقّفة؟!

وقفتْ، ووقفتُ، رفعتْ طرف الغطاء، دخلتُ تحته، مسّدتْ شعري قبل أن تذهَبَ إلى الحمّام. وحين عادت لم تذهب باتجاه السرير الثاني، رفعتْ طرفَ الغطاء ودخلتْ سريري! سحبتُ يدي، فشدّتْها نحوها، ونامتْ عليها، حيث دفء العالم كلّه متجمِّع تحتَ أُذنها تمامًا، حيث البياض حارق!

وسألت الآخر: هل هو البياض الذي يحرقنا، أم أننا نحرق أنفسنا حين لا نستطيع دخوله؟!

قال: أنتَ أدرى!

قلت: لم أعد أدري، كلما جمعتُ نفسي هبّتْ فجيعة ما فبعثرتْها.

وقلت لها، حين تبيّن لي، أن ما يحرقني دموعها وليس ما تحت أذنها: إنك ابنة لحظةٍ أجمل من هذه!

قالت: أفهمك، أنتَ لا تريد أن تستغلَّني!

قلت: لستُ جيدًا إلى هذا الحدّ!

وكانت تهدأ، في العتمة، العتمة التي تمتصّ بياضها شيئًا فشيئًا.

وقالت: إنها انتظرتني، وستنتظرني.

وسألتْ: هل هناك سرّ؟!

قلتُ: لا أسرار.

ونامتْ.

***

وكنت قد أصبحتُ حذِرًا. راقبتُ بعينيَّ المفتوحتين كل شيء، وسألتُ، وقالت لي: إن جدّتها ماتت منذ زمن طويل!

فسألتُها إن كان لأُمها قريبات معمّرات في البيت؟!

قالت: إننا مقطوعتان من شجرة، ليس لأُمي سواي، وليس لي سواها!

قلت لها: الأحلام لا تجيء من فراغ.

فقالت بدلال: يا أستاذ إنسَ!

وسألتْ: متى ستصل؟!

فقلت: قريبًا.

وانتابتْني رغبة عارمة لتفقُّد نفسي في مرآة، وحين وجدتُ المرآة، جلستُ أمامها دون حراك، حتى أحسستُ أنني لو تحرّكتُ لما تحركتْ صورتي داخلها!

***

قال لي: لقد أشبعتَني كلامًا عن بطولاتك، وإذا بها وهْمٌ، ليسَ أكثر!

قلتُ: كنتُ بطلًا حين كنتُ أنا!

***

وقال: أكان لا بدَّ من بطولتك تلك، حين اندفعتَ نحوي، وكانوا

يعدّونني للحياة، أولئك، أصدقائي في القبر؟!

.. أحدهم قال لي: خُذ رأسي، وقـال آخـر: خـذ سـاعدي، وقـال آخر: خذ صـدري، وقـال آخـر: خـذ عنقي، وربـما قـال آخـر: خـذ عضوي! ولم أغضب! لقد منحـوني أعـضاءهم الـسّليمة، أعـضاءهم التي لم يصفر فيها الرّصاص، ولم تقـضمْها الـشّظايا، وحـين انـدَفَعَت الجرافةُ، لم يكونوا قد انتهوا من تجميعي، ولذا نقصتُ يدًا!

.. تعرف، دقيقة واحدة أخرى كانت كافية لكي أخرج إلى العـالم كاملًا! دقيقة واحدة! ولكن، قد تكون أنتَ المسؤول في النهاية، لأنـك أنتَ الذي اندفعتَ قبل اكتمالي! ثم من يدري، هل كانت تلك أصابع الجرافة القادمة لردم الحفرة إلى الأبد، أم أصابعك؟!

.. هل كنتَ ستخسر شيئًا لو تأخرت قليلًا؟!

الماء،

الماء الذي كنا نعتقدُ أنه يملأ الخزانات، الخزانات العالية التي نسيناها على السّطح، حيث نقطة المراقبة، وأكياس الرّمل التي تحجبها عن جنوب النار، النار التي ظلت تستَعر، وتستعر..

الماء الذي تحوّل إلى معجزة بقوة المعجزة وحدها، حين قتلوا أفرادَ نقطة المراقبة، ولم يستطيعوا قتْلَهُ في الخزانات! الخزانات التي مرَّ بها الرصاص، وظلّ الكثير منه في قعْرها.

الماء الذي عاش.. سقطت القذيفة عليه مباشرة!

تنبهنا إلى ماء يسيل، يندفع داخلَ القبو، ماء حار، بارد. صرختِ العجوزُ، العجوز التي كنتُ أعتقد أنها وضعت أواني مطبخها كلّها في عبِّها، الطناجر والصحون، الملاعق، المصفاة، إبريق الشاي، دلَّة القهوة والفناجين، بابور الكاز، وربما صحن العجين أيضًا! العجوز صرختْ، ولم تكن في أمي القوة اللازمة لإطلاق صرخة، لكنها قامت تركض! قمنا نركض. لم نكن نعتقد أن كل هذا الماء كان فوقنا ونحن عطشى! كلٌّ حَمَلَ الإناء الذي طالته يده، اندفعنا باتجاه المزراب، المزراب الذي تدّفق فجأة، وكان الماء فيه صافيًا، ولم يعد كذلك! الماء الذي صارَ أحمر، عبر المزراب الذي بكى دمًا، ربما بسبب ما رآه فوق السطح!

العجوز صرختْ: دم! ودلقت الماءَ الذي تجمّع في تنكتها،

فسحبتْها أُمي بعيدًا. أوشكتْ أن تقع، ووضعتْ أمي طنجرة كبيرة، وصرخَتْ بنا أن نُحضر كل ما في الداخل من أوانٍ فارغة!

وهطلتْ قذائفُ أخرى باتجاه لمعان الماء في الأعلى، وتطاير زجاج، وازداد احمرار الماء، ولم ندرِ هل دم الماء هذا الذي يتدفّق أم دمهم؟!

ولم يكن لدينا من الأواني ما يستوعب الدَّم المتدفِّق. الذي ظلَّ يسيل داخل القبو إلى أن أغلقْنا طريقه.

العجوز قالت لأمي: ولوْ، بتدفعيني!

وكانت تبكي.

أمي اقتربتْ منها، وكانت المرأتان ملطختين بعذاب وطين.

– طَوال عمرنا كنا نُغمِّسُ خبزنا بملح عَرَقنا، يبدو أن الأوان قد آن لنشرب ماء دمنا! يا خالتي، ماء بدم أفضل من الموت عطشًا، سنموتُ قبل الوصول إلى كوب منه بعد اليوم!

***

في الليل لكزتني أُمي، قالت: إذهب وهات الحَمام!

وتذكرتُ الحمامةَ الكبيرة، حمامة الخراب الوحيدة فوق السطح المعجون.

قلت: لو أستطيع الإمساك بها!

تجاوزتُ البيوت المهجورة ثانية، وزحفتُ حتى عبرتُ الشارعَ، وصرخَ أكثرُ من كمين: مَنْ هناك؟!

وأردّ: رفيق، أو أخ!

وكنتُ أعرف الكمائن كلّها، والكلمة التي يجبُ أن أردَّ بها، الكمائن التي عملتُ في بنائها بزهو. الدّشَم، والخنادق العميقة المتعرِّجة. وحين وصلتُ الباب، باب الحوش الذي أصبح غربالًا! دفعتُه، لم ينفتح، فأدركتُ أن دمارًا آخر تراكم خلْفه.

ولم يكن هناك بُدٌّ من القفز فوق السّور؛ قفزتُ وكنتُ محتجبًا

بدمار البيت.

سرتُ في الدّخلة المحاذية للشّباك، خائفًا من القطة، القطة التي لم تعد قطتنا منذ الحرب، منذ الإبادة، القطة التي تتشهى الحَمَامة، وتُكشّر عن أنيابها في وجهي!

قلت: لعلها ليستْ قطّتنا، ولعلني لستُ أنا. ماذا لو قفزتْ الآن إلى وجهي واقتطعتْ جزءًا من لحمي؟!

ارتفعتْ قذيفة التنوير، وكنتُ مطمئنًّا أنهم لن يروني، وأن المعركة هناك عندَ المزبلة! كانوا يريدون حسمها في تلك النقطة، ولكنّهم لم يعرفوا أنهم يدخلون إلى حذوة حصان، وأنهم سيقعون في كماشةِ النار تلك.

ريش الحَمَام يغطي كلّ شيء.

ولم تكن الحمامة هناك، ولا القطة الكبيرة، وسمعتُ مواء القطط الصغيرة لكنني لم أجرؤ على الاقتراب من الصندوق الخشبي، بيتها، مخافة أن تكون الأم هناك!

حفرتُ بحثًا عن المطبخ! ولم نكن من أولئك الذين يشترون فوق حاجتهم. حفرتُ بقوة اليأس وحده، حتى إذا ما سألتني أُمي، أخبرها: لم أجد شيئًا، والله لم أجد شيئًا.

قلتُ: لو أن الحمامة هنا.

وتذكرتُ (النُّقيفة) الملقاة هناك، قرب شجرة الرمان الصغيرة، في الحوش، شجرة الرّمان العارية، مشيتُ باتجاهها؛ وضعتُ النُّقيفة في جيبي، عدتُ وتحسستُ بدلَة أبي، سحبتُها بعيدًا عن الحطام باتجاه الزاوية الجنوبية للحوش، جلستُ، ولم أدرِ كيف نمتُ!

***

صحوتُ، لم أجدها، ولكن رائحتَها كانت تفوحُ من يدي، يدي الدافئة التي بقيتْ مثلي دون حِراك. يدي الهوّة أيضًا، وسمعتُ صوت

البحر، البحر الذي كان يتفلّتُ من نفسه طَوال الليل، هل كان يحاول الوصول إليها ونحن على الشاطئ؟!

بحرٌ يحاول، ماء بارد يحاول. وأنا الرّمل!

***

وقال لي: إن وقتًا طويلًا مرَّ قبل أن أعرف أن يدًا واحدة لا تكفيها!

وقلتُ له: لو تحرَّكت يدٌ واحدة مِنْ يَديَّ تلك الليلة، في تلك المدينة الساحليّة، قرب البحر، لكفَتْها!

وقال: لقد ركضتْ باتجاهي، كما يحدث في الأفلام الهندية. أنتَ تعرف كيف يركض البطل فوق السفح الأخضر، بين الحدائق، مندفعًا فوق الأزهار ليتلقّف حبيبته بين يديه، ويختفي بها خلف جذع كبير أو سور أخضر، دون أن نرى ما يفعلان! لقد كرهتُ الأفلام الهندية، لأنها ببساطة (ضراط على بلاط)!

وقال: حين ركضتْ، وأحببتُ أن أراها هناك، في ذلك المكان الذي افترقنا فيه، على رصيف الجزّار، قلتُ: سأقهره، أعني الجزار، وتعود الحكاية من حيث انتهتْ، حتى مكانيًّا! عندما أقبلتْ، عندما رأيتُها، نبتتْ يدي من جديد، أُقسم أنها نبتتْ من جديد! وكان بإمكاني أن أُصافحك بها وأن أشدّ على أصابعك، أن أجعلك تقول: آه.

لم تعانقني، حتى كما في الأفلام الهندية. الشارع مزدحم، ولا يعقل أن نرتمي تحت الأقدام لنتبادل القُبلات!

ولكن الجزّار أبتسم هذه المرّة، وكان يراني دائمًا أقف أمام دكانه لسنوات! تأملتُها قادمة، ميّزتُ خطواتها بين عشرات آلاف الخطى قربَ مواقف الباصات، عند الجسر، حيث أقفاصُ العصافير والشِّباك والآلات الموسيقية المُعلَّقة من أُذنيها تتأرجح في حبل واحد.

وغمزني الجزار بعينه، وأشار إليَّ أن أقتربَ منها! ولما وجدني

كالصَّنم، لـوَّح بالساطور! وأشار برأسه: أن اقترِبْ، ثم هوى بالسّاطور على لوح الخشب السَّميك أمامه، ورأيتُ الشّرر يتصاعد! فاقتربتُ..

***

وقلتُ له: إنني كنت قريبًا دائمًا. ليلة كاملة وأنا قريب منها. ليلة كاملة تسرَّب بياضها عبر ذراعي، ولم أفعل شيئًا!

قد تقول لي: إنني خائب، لا بأس، لكنني كنت أنا!

وقال: كان سيذبحك الجزّار! كان سيذبحك ويوزّع لحمكَ على الكلاب، لو عرف بهذا!

وقلت: ماذا تعني بالكلاب هنا؟!

فقال: الكلاب! الكلاب فقط، الجزّار قال لي إنه لا يغش الناس، يغش الكلاب فقط!

***

وقلتُ: إن القطة وقفتْ هكذا مُتَنَمِّرةً في وجهي طَوال الليل. هل كانت تتأمّلني أثناء نومي، أم أنها عرفتْ أنني أدفأ من قتيل فانتظرتْ صعودَ روحي؟!

وسألتُه: لماذا تنتظر القطّة صعودَ روحي؟! هل إذا أكلتْني حيًّا ستوجعُ روحيَ أسنانها؟!

وقال: بدأتَ تفهم القطط، بل بدأتَ تتأثر بحكايتي أنا وتعيد كلماتي!

وقلت له: إن القطة ذهبتْ حين صحوتُ، حين فتحتُ عيني، ذهبتْ وحفرتْ، بالتْ بعيدًا، أمامَ عينيّ. إنها لم تبُل عليّ، فكيف لم تأكلني؟!

وضحك حتى رأيت يده المبتورة تهتزّ، ومن بين دموعه صرخ صرخة نيوتن: هذا لأن الجميع بالوا علينا، حين تركونا هكذا وحدنا!

وصارحته: إن عدم أكل القطّة لي يعود ربما إلى أنها أصبحتْ هزيلة أكثر مما يجب، ولأنني فريسة، في أضعف حالاتها، قادرة أن تُطَوّح بها إلى النهايات!

***

بالت، ثم راحتْ تتشمّم كومة ريش دفعتْها الرّيحُ إلى الزاوية الأخيرة من زوايا الحوش، خلفَ برميل الطحين القتيل! أخذتْ تلوكُ الريشَ، وحين قمتُ، حين اقتربتُ منها، لأعرفَ إن كان ثمةَ جناح أو قطعة لحم باقية من الحمامة، كشَّرتْ عن أنيابها وزمجرتْ، وخطتْ خطوتين باتجاهي، فتراجعتُ!

***

وقلتُ له: إنني اعتدتُ طعم الرّيش، لأنني أصبحتُ أخاف مما هو في داخل تلك الغرفة الصحراويّة! تصوّر أن أصل إليها واجد بعد جهد جهيد أنني لم أظفر بغير الجدة!

وقلت: لقد استسغتُ لحمَها! أقنعتُ نفسي بذلك، حين اكتشفتُ أن سرير ابنتها النَّمرة، لم يكن فارغًا في أيّ يوم من الأيام، وأن لغرفتها بابًا آخر، بابًا لا يدخله أمثالي! كان عليّ أن أكونَ شيخًا على الأقلّ أو مدير تعليم لأصِلَ إلى السرير من ذلك الباب!

وقلت له: إنني بدأت أقرف من نفسي ومنها؛ وهذا أفرحني؛ إلّا أن ابنتها لم تكفّ عن السؤال: متى ستصل يا أستاذ؟!

قلت: سأدخل من الباب الخلفي وسأبتلعها، وأُفسدُ اللعبةَ كلّها، ودخلتُ!

***

أمي قالت لي إن امرأة حاولتْ معاقبة قطّتها التي ازدردتْ قطعةَ لحم كبيرة من مطبخها، فحبستْها في الغرفة وبدأتْ تضربها بعصا المكنسة، وفجأة بدأتْ المرأة تصرخ، هي التي أغلقتْ الباب بالمفتاح!

كانت القطة تُلقي بنفسها بين الجدران ككرة مطاطية وتندفع باتجاه المرأة فتنهشها، ثم تطير باتجاه حائط آخر وترتدّ بقوة أكبر، ولم تعد المرأة تجد عصاها، وحين خلعنا الباب-تقول أُمي- كانت المرأة (الله لا يورِّيك!)

***

وقلت: إن القطّ يستطع ازدراد النّمرة!

صرختْ، فاستيقظتْ أمُّها، اقتربتْ مني وقالت: ألم نتفق؟! وكان الشيخ قد فرَّ خوفًا من الفضيحة! وتقدّمتْ أمها نحوي هائجةً، فأطلقتُ ساقيَّ إلى غرفتي! تبعتْني. ولم يكن للغرفة قَفل، أغلقتُ الباب بظهري وانتظرتُ، سمعتُ خطاها تقتربُ؛ جاءتْ ودفعته بكل قوتها، فوجدتُ نفسي ملقى على السرير، انقضّتْ عليَّ، فهربتُ، قامتْ، تعثّرتْ. وفجأة تغيَّر الدّور، هاجمتُها! فبدأتْ تفرُّ، أدركتُها في إحدى الزوايا، ولم تكن تصرخ، كانت تدفعني، وأخذتُ بثأري كاملًا! وحين نهضتُ قالت: الآن تستحقّها!

غادرتُ الغرفة، رأيتُ ابنتها صاعدة باطمئنان، كأنني لم أداهمها، تجاوزتُها تبعني صوتها: متى ستصل يا أستاذ؟!

***

وقال لي: إن قطّته نامت على ذراعه، وكان يتمنّى أن تُشَرِّحهُ! نامت على يده المبتورة. وإن صاحبه الذي تخلّى له عن بيته في تلك الليلة، قال له صباح اليوم التالي: فضحتَنا!

وقال: لقد حاولتُ ولكنها ظلّت تتمنّع، وقلتُ لها: لِمَ اخترعتِ كل هذه الحجج للإفلات من أهلِك إذًا؟! الحجج الجهنَّمية عن الصاحبة التي أصرَّتْ أن تنامي عندها، لأن الثلج أغلق الطرُق! الصاحبة التي لم تكن غير زوجة الصديق التي قال لكِ أبوكِ: دعيني أتحدّث معها! فقالت له: اطمئن يا عمّي. واطمأن حين سمع صوتَها

البريء!

وقال الآخر: لقد عذَّبَتْني، مثلما عذَّبتَ تلك المسكينة التي كان يمكن أن يذبحك الجزّار من أجلها، ويطعمك للكلاب! وصمتَ طويلًا ثم قال: لقد استجمعتُ شجاعتي أخيرًا.

- لا تقل لي إنك اغتصبتها!

فقال: بيد واحدة لا تستطيع اغتصاب امرأة، إلّا إذا قتلتَها أولًا، وأنا لم أكن أريد اغتصابها!

فسألته: عن أيّ شجاعة تتحدّث؟!

- عن شجاعتي في إفشاء السرِّ الذي لم أقلْه لأحد من قبل!

وعاد إلى صمته، ثم تنهَّدَ، وقال: كنتُ على وشك الجنون؛ الساعة كانت تقترب من الثالثة صباحًا، والثلج يمرُّ خلف زجاج النافذة، ويتراكم عليها، الثلج في الدّاخل! ولكنّها حارّة، ولم أدر لماذا أصرّتْ أن تنام بجوار يدي المبتورة! أنتَ تعرف، لا، أنت لا تعرف! يُمكن أن يجنّ الإنسان في حالة كهذه، وقد جننتُ؛ لا، قبل أن أجنّ بقليل قلت: " إيدك ولا جميْلةِ الناس"! وحمدتُ الله أن أبقى لي يدًا واحدة تنتهي براحة واسعة وأصابع طويلة، فاستحلبتُه!

***

وقلت له: بعد أن مدَّت يدها وفضّتْ بكارةَ حلمي للمرّة الأولى، لم أعد أعبث به! وكنتُ انتظرها كل ليلة لتأتي في المنام، لتدسّ يدها في جيبي، ولم تكن تفعل! وكان في عنفوانه أيامها، بريئًا، ويتقافز مثل جَدْي، دون توقّف! أعني لا يهدأ!

أنت تعرف الفرق بين أن تعبث به، وبين أن تأتي هي بما تملكه من أشياء لا تُجارى وتمدُّ يدها! تمامًا كالفرق بين يدك، وبين مهرتكَ إذ تنفرد بها بين الأشجار، وتتذوّق جموحها، وتُصغي للعرقِ وهو يتصبّبُ تحت إبطيها وتحت فستانها!

ولكن المشكلة معقّدة، أنت تعرف! حين تفكّر فيها طويلًا لا تستطيع النوم، في الوقت الذي عليك أن تنام لتتمكن هيَ من الحضور. الحلّ إذًا أن تنساها قليلًا لتغفو، ولكنك لم تكن قادرًا أن تنساها، فتُضيّعها ليلةً أخرى، ويتراكم ماؤك في داخلك!

نعم، لقد حاولتُ أكثر من مرّة كبْحَ دم الذئب فيَّ، الذئب الذي كان يعوي مجروحًا، متفلّتًا من نفسه، وحاولتُ هدهدةَ مخالب الصقر التي تنهشني (هناك) ولم تكن تأتي!

وقلت سأتحدّاه، سأتحدّاه من أجله، من أجلها. وكان الأولاد يقولون إن الاستحلام حلال، والاستمناء حرام! وكنت أريدها بالحلال! لا، لم يكن ذلك، كنت أُريدها لأن ذلك كان لا يوصف، كان سحرًا!

***

وقال: إنه لم يستطع أن يتحدى (الحَمَامة) إلى هذا الحدّ، فهي تتحوّل إلى صقر فجأة! أنت قلتَ ذلك، إلى ذئب!

***

وقلتُ له: إن الحَمامة كانت ريشًا فقط، وإن القطة كانت تمضغ سرابَ اللحم! وإن ريشة سوداءَ التصقتْ بشاربها، وإنها حاولتْ أن تُبعدها بيدها ومخالبها وأن تنفض رأسها.

قلت: لمَ لا تنساها -ولكن من يستطيع أن ينسى!- أنا معك. ولم يكن هناك أثر لطرف جناح أو حتى رِجْلًا منكمشةً أصابعُها برعب، لا تدري على أي شيء تقبض.

وقال: إن ذلك بالنسبة لي كان أفضل من أن ألوكَ الرّيش، أو أنهض باتجاه فستانها الملقى على الكرسي بجانب السرير، السرير المزدوج الذي أنام فيه للمرة الأولى في حياتي، وأن أبدأ بمضغ قميصها! لتمضغه يدي قبل أن أُجنّ!

***

وقلتُ له: لم أكن قادرًا على اقتراف الجنون الذي اقترفتُ، أقصد حلْق شاربي، لو كانت هناك. أقصد لو أنها لم ترحلْ. وكنتُ سـألتُها عن الطبيب الذي ذهبتْ إليه، وألقت بجنينها في سـلة مهملاتـه، فلـم تُجب! حزمتْ ملابسَها، وقالتْ سـأسـافر إلى أهلي. وسـألتها: متـى تعودين؟ فقالت: حين تكونُ هنا!

***

ولم تكن هناك، صاحبة الرمّانتين، ظلّتْ تراوغني، حتـى اهـترأت الرسالةُ في جيبي قبل أن تأخذها! ظلّت تتمنّع إلى أن قالت لي: أعطهـا لصاحبتي. وكانت صاحبتها دائمًا معها. وحين هممتُ بإعطاء الرسالة لصاحبتها التي معها. قالـت لي: لا، أعطها الرّسالة بعدين! وكان لصاحبتها نهدان صغيران؛ أصغر من نهدَي صاحبتي قليلًا؛ ربما لهـذا اعتبرتْها صاحبتي صغيرة، وأن حديثي معها لن يُثير (القيـل والقـال!) بين الأولاد!

وكدتُ أُجنّ.

وذابت الرسالة أخيرًا، ابتلّ جيبي، فقطعتُ كلّ شيء بالحلم.

***

وقالت لي صاحبتها عنها: إنها خَوِّيفَة، وإنها لا تحبك! وكانت تبتسم بـدلال، ولم يعـد نهـداها أصـغر بكثير مـن نهـدَي صـاحبتي! فوصلتُ إلى نتيجة: أن حجم النهدين ليس له علاقة بالأنوثة! وقلـت: من يدري! ربما كانت يد هذه أنعم! وما دمتُ أراهـا بيسـرٍ في النهـار، سأراها في الليل، أعني في الحلم!

أحببتُها، فجنّتْ صاحبتي تلك! وتماديتُ فسعَّرتُ نارَ حبي لهـذه بعد أن رأيتها مرّتين في الحلم، بطريقة أكثر جرأة! لكنها في مـرّة مـن المرات كانت كلّها، وفي مرة أخرى لم أُميز ملامحها. أنت تعرف!

146

لعبنا جيدًا أنا وإياها، وتأكّدتْ نظريَّتي المتعلِّقة بحجم النهدين!
ولكن ثمةَ أمرًا كان يقلقني دائمًا: كل شيء ينتهي بسرعة!

***

كنت من المدمنين على مجلة طبيبك، ولم يكن ذلك حبًّا في العِلْم! كنّا نقرأ عن تلك الأشياء المثيرة، تلك المُتعلّقة بطول العضو، وعدد المرات، و.. والمدة التي يستغرقها اللقاء الحميم! وكنت سمعتُ أشياء مفادها أن انتهاء اللقاء سريعًا عيب كبير يمسّ الرجولة، وأن الرجل يستطيع أن يتحكم به؛ فذهبتُ إلى المكتبة العامة وبدأتُ التفتيش في الأعداد القديمة إلى أن وجدتُ ما أريد. كانت النصيحة تتمثّل في أن يُفَكِّرَ الرجلُ بشيء يُشغلُ بالَهُ حين تحمى الحديدة! وغير ذلك! وكان يكمن تطبيق هذه النصيحة دون تكاليف.

خرجتُ من المكتبة منتصرًا، وذهبتُ للنوم فورًا، وانتظرتُ إلى أن جاءت في الليلة العاشرة ربما، ولكن لم يكن لها نفس الملامح تمامًا، عرفتُها من صدرها ونصفها الأسفل.

.. وبدأتُ أُفكر فيما سأُشغل نفسي فيه، فأضعتُها! ثم عادت آخر الليل، وكنتُ نسيتُ نصيحةُ (طبيبك) وتمَّ الأمر بسرعة كما يتمّ دائمًا. وداهمني إحساس عجيب بأنها ستتركني.

وقال لي: إنه أضطر أن يَحْلُم بها وهي إلى جانبه، أن يحلم بزوجته، التي ظلّتْ ليلة الثلج قائمة بينها وبينه! وأنها كانت تسأله ببلاهة: عما إذا كان يوجد حلّ لمسألة يده.

وقال: إنها بدأت تتصل به، وتقول إنها ستتأخر عند صاحبتها لأن الطريق مغلق!

وقال: على مين يا عَم. تَذْكُر حين زرناكم في البيت، كانت السهرة جيدة، ولكنني امتعضتُ وتغيَّرَ لوني، تَذكُر؟ كان عيد ميلاد أحدكم. حين فُتِحَ موضوع شغب البنات، وعدَّدتْ سبعَ طرق يمكن أن تتّبعها

الفتاةُ للضَّحكِ على ذقن أبيها، للانفراد بحبيبها. ولم تكن وصلتْ معي إلّا إلى أربع من هذه الطرق، فتغيّر لوني، وأحسستُ أنني أبوها!

وقال إنه ضبطها صدفة مع زوجها في أحد الفنادق، زوجها السابق. فأدرك أنه البطل الوهمي في مسرحية غريبة.

وقلت: الدنيا مسرح.

فصاحبتي التي ذابت رسالتي إليها، لم تذب هي، تماسكتْ عندما علمتْ بعلاقتي مع صاحبتها الجريئة، صاحبتها التي أصبحتْ حبيبتي. وأصبحتُ أرى شاربي من خلال عينيها، وعيني على تلكَ.

تعرف، إن الحياة معقدة. لنأخذ مثلًا صاحبتي الجريئة، لقد كانت تعرف أنني أهبطُ إلى وسط البلد وأبيع الجوارب هناك. الجوارب الرخيصة. وقد رأتْني أكثرَ من مرّة، عندما كانت تمرُّ قربي مع أهلها، لتستقلَّ الحافلةَ إلى المخيم؛ نعم نفس النقطة التي التقيتَ فيها صاحبتك؛ أعني تراني وتبتسم، وتظلّ علاقتنا قائمة، إلى أن مرَّتْ ذات يوم مع صاحبتي الأُولى، فلم تعد تحدّثني بعد ذلك، وحين سألتها: ما الذي فعلتُه لأستحقَّ كل هذا؟!

ردَّتْ: فضحتَني مع صاحبتي! لقد عيَّرتْني بأنك بائع جوارب، وقالت لي: حبيبك يبيع الجوارب، وجواربك مثقوبة!

وبعد أشهر قالت لي صاحبتي الأولى، بعد أن نسيتُ تلكَ: إن خطتها نجحتْ، وإنها تريد أن نعود أصحابًا كما كنا!

ولم أدرِ متى كنا أصحابًا! لم أتذكر سوى مرّة الحلم تلك! وعدْنا، فانقهرتْ الثانية!

وبقيتُ أبيع الجوارب إلى أن راجت تجارة السجائر المهربة، فبدأتُ ببيع السجائر، إلى أن أمسكوني في أحد الأيام وصادروا ما معي، ولكنني استطعتُ الفرار!

***

قال: احمد الله أننا استطعنا أن نفرّ ذلكَ اليوم. وإلّا لكنّا الآن (أحياء عند ربهم يرزقون!)

وكنتُ صرختُ به: إن سلبيتَكَ هذه ستقتُلنا!

وكان يقول لي: إنك تبحث عن نصر ما بأي ثمن! على الأقل أنا معذور! ما الذي يمكن أن أفعله بيد واحدة؟! يد واحدة لا تصفق!

وقلت له: لا يهمّك، تستطيع أن تحقق المعجزات باليد الباقية!

دخلنا التّنظيم. لم يترددوا في قبولنا، مثلما حدث أيام المذابح معي ومع جارنا الصغير مسؤول الأعلام، عندما قالوا لنا، نريد إذنا من وليٍّ أمريكما. وكان أبي ضائعًا، وكذلك أمه!هذه المرّة لم يتردّدوا، قبِلونا. وبعد ثلاثة أيام من انتظارنا، أعلن رجل له اسمٌ أسطوريّ، حركيٌّ بالطبع! أعلن الانشقاق، وأصدر بيانًا، فآمنّا به! وقلنا، هكذا يكون الكلام! هكذا يكون النّضال! وتبعه ستةٌ آخرون فأصبحنا تسعة! وقال: اطمئنوا يا رفاق! وفرحنا أننا رفاق! اطمئنوا، سنحققُ المعجزات بعددنا القليل هذا. وضرب أمثلة لم نكن نعرف إلّا واحدًا منها عن الفئة القليلة التي غلبت فئة كثيرة، من النبيّ عليه السلام حتى كاسترو وجيفارا، فآمنّا بحتمية انتصارنا!

***

خرجنا إلى الجبال، ومن هناك، أعلن الرّجل ذو الاسم الأسطوري أن الاجتماع الأول للمكتب العسكريّ للتنظيم الجديد سيُعقد! وقد أقترح إلغاءَ كلِّ المكاتب التقليديّة أثناء الطريق! فلا مجال لأن يكون هناك مكتب سياسي، لأن السياسيين هم الذين يعملون على تخريب بيتنا! ولا ضرورة لوجود لجان مالية وتنفيذية وسواها! لأن العمل الوحيد الذي يجب أن نقوم به هو القتال فقط!

***

وقال لي الآخر: لو كنّا شهداء الآن، لاسترحنا، ولربما كانت

حولنا مئات الحوريّات!

- يا أخي إنسيّة مش مِطَّلعَةْ علينا فكيف حوريّة؟!

وقال: إن ما يحدث حولنا يجعلني أشعرُ أن يدي لم تكن مبتورةً إلى هذا الحدِّ، مثلما هي مبتورة اليوم!

وقلتُ له: كنا سنروح في خبر كانَ، ولم يكن باستطاعةِ المكتب العسكريّ إصدار نصف بيان فينا!

كانوا أصرّوا على نَصْب خيمة كبيرة. اندسَّ فيها الرّجل ذو الاسم الأسطوريّ، وستّتُهُ الآخرون. وقالوا: أنتم الأحدث تجربةً بيننا، لذا ستكونون نواة القوّة الضاربة!

فقال لي بعد أن دخلوا: بواحد ونصف الواحد لا نستطيع أن نكوِّن نواة قوة ضاربة لضرب واحد (عضلنجي)! هكذا سنأكلُ ضربًا ونُفَرِّق!

وكان يضطرّ دائمًا أن يريح يده من البندقية بتركها ترتاح فوق فخذيه أثناء الجلوس، أو يسندها إلى صخرة. أما في ذلك اليوم، ذلك اليوم التمّوزيّ اللاهب، فكانَ، وكنتُ معه، ننظر إلى القضية بمنتهى الجدّية؛ إلى أن حميَ النقاشُ داخل الخيمة، وكان بإمكاننا أن نسمعه، حتى لو كان باردًا!

قال الرّجل ذو الاسم الأسطوريّ: يجب أن نُعلنَ عن أنفسنا بقوة يا رفاق، بعملية نوعيّة تهزُّ المنطقة كلّها! عملية لا تُنْسى، ولتكن انتحاريّة! لم لا؟ المهم أن تكونَ نوعيّة، وطرحَ عشرة أهداف كبيرة، رجْعيَّة، وقال: إن القتال يبدأ من هنا، ثم بعدها ننتقل إلى هناك!

وتركَ للمكتب العسكريّ حرية اختيار الهدف. وكنا نستمع، وينظر الواحد منا إلى الثاني! فأصغرُ تلك الأهداف، كان يلزمه قوة مظليّة مغواريّة لا لتدميره، بل للتحسيس عليه!

وقال: يجب أن نبدأ أقوياء. أقوياء في كلِّ شيء!

وحينما تجرأ أحد أعضاء المكتب العسكريّ أن يسأل: وكيف سننفّذ العملية؟! أجابه: برجالنا! لدينا الآن مقاتلان في الخارج، صحيح أن خبرتهما قليلة، لكننا نستطيع، بتدريبهما أن نصنع المعجزات!

وكانوا قد طلبوا مني أن أسحبَ أقسام بندقية الآخر إذا ما فاجأنا عدو، ريثما يتمّ تدريبه على ذلك!

وطلب الرجل ذو الاسم الأسطوريّ من أحد الرفاق أن يُحضر صورة لكلٍّ منا، دون أن يُطلعنا على السبب! كان يريد أن يظل الأمرُ سرًّا، حتى لا يسبقه تنظيم آخر ويخطف الهدف من بين يديه في اللحظة الأخيرة، أو يعلن مسؤوليته عن العملية!

***

انزلق السَّفحُ كلُّه تحتَ أرجلنا، انزلقتِ القمةُ، الممراتُ الترابيّة بين الأشجار، انزلقتِ الأشجار، في هرولتنا المجنونة باتجاه الشارع، ونحن نجتاح كل ما في طريقنا! وعضو المكتب العسكريّ يركض خلفنا ويصيح: رفاق، يا رفاق، تمهّلوا، رفاق، ارجعوا، أُريد صورتين لكما!

ولم نكن نحتاج أن نوقف سيارة، لأن سيارةً شاحنة وجدتْنا أمامها، فأوقفها الرّجل في اللحظةِ الأخيرة وصرخَ فينا: بدكم تنتحروا؟!

فأجبناه: لا والله، ما بدنا!

وبحدْسه أدركَ ما يحدث لنا، فقال: اصعدوا. وصعدْنا، مُخَلِّفين المكتب العسكري، بل التنظيم كلّه، بلا حراسة وبلا مقاتلين!

***

وقالت أُمي: إذا رحل المقاتلون رُحْنا فيها!

وكانت أخبار مجازر صغيرة قد وقعتْ على أطراف المخيم، يبدأ بعضها بالسَّحل، والآخر بالفسخ، وأكثرها رحمة بالرصاص، أو بقنبلة

يدوية!

وحاولنا أن نستحلب المزراب، فلم ينزل الماء، الماء الممزوج بالدم، الماء الذي لم يعد هناك سوى سطل واحد منه! الماء الذي شربتْ منه العجوز أخيرًا، العجوز التي تعِبت وهزُلتْ، فبدأتْ بإخراج ما كانت وضعتْه في عبّها من أوانٍ وثياب ومؤونة! العجوز التي فقدت الأمل أخيرًا، وأدركتْ أنها لن تأكل كل ما تبقى من غذاء ملتصقٍ بلحم بطنها من الخارج، فقالت لأُمي: طعمي الأولاد، يكفيني ما عشت!

العجوز التي جاء عجوزها، فصرختْ به: ماذا تفعل هنا؟!

فقال: تعبتُ، فأعطيتهم البندقية!

فقالت: التّعب أفضل من الموت!

وطلبتْ إليه أن يعود، فعاد.

وردّوهُ! فأمسكتْه من يده وذهبتْ إلى المقاتلين ورجتْهم أن يعيدوا له بندقيته.

فقالوا: لن نعطيه، نحن لن ندفع الناسَ دفعًا لحماية أرواحهم.

فالتفتتْ إلى عجوزها وقالت: ما في عندي رجال مرعوبة بتنام في الدار!

فأعطوه البندقية.

***

وجاء أبي ومعه المرأة ذات العينين الجميلتين، وعلى جانبيها مقاتلان طويلان، قالتْ: إنهما ولداي! وكانت فخورة.

تأملناها بينهما ، أنا ومسؤول الأعلام. وقمنا وسلَّمْنا عليها بإعجاب.

قالوا: إنهم سمعوا عن قصف القبو، ولكن الهجوم كان قاسيًا على المحاور الأخرى، فلم يستطيعوا القدوم.

واختليتُ بأبي، وحدّثته عن البيت، وبدلته التي قُتِلَتْ وبرميل

الطحين، فقال لي: أعرف! وطلبَ مني ألّا أخبر أمّي.

قلت: اطمئن!

وبحركة غير إرادّية مدَّ أبي يده باتجاه إبريق ماء، وأخذ يشرب، تنبّهتْ أُمي فهجمتْ عليه واستلتْهُ من بين يديه، فتناثر دم مخلوط بماء، ماء مخلوط بدم وقالت: هذا الماء للأطفال، فارتبك أبي!

***

وسألْنا عن الرّجل ذي الأبناء، فقالت المرأة ذات العينين الجميلتين: إنه حاول اختراق الحصار بأولاده الثلاثة، وإنهم أمسكوه، وصوّبوا رشاشاتهم باتجاه الأولاد. قالوا له: سنقتلهم.

وكان قد رآهم يقتلون من هُمْ أصغر منهم، فانهار، وقال: أبقوا لي واحدًا، واحدًا فقط!

فقالوا: لا نستطيع إلّا بأمر!

فذهب إلى ضابطهم المسؤول: قال لا عليك! وأعطاه ورقة، وقال له: إذهب واختر واحدًا منهم!

فوقف أمامهم، وكانوا يحدّقون به فزعين، ولكزه أحد المهاجمين: أسرِعْ!

فأختار أصغرهم.

عندها أطلقوا النار، وقتلوا طفليه الآخرَين!

شدَّ صغيره ومضى دون أن يلتفت خلفه، سار خطوات، ابتعد، أوقفوه: إلى أين؟! ارتبك أكثر، قال معي ورقة، أنظروا!

نظروا. قالوا: سمحوا لواحد من أبنائك أن يبقى على قيد الحياة، لكنهم لم يسمحوا لك!

وقتلوه.

***

وفجأة انتبهنا إلى مسدس هناك، عند خصر المرأة ذات العينين

الجميلتين أنا ومسؤول الإعلام! التفتُّ إلى خصرِ أبي فلم أجد مسدسه.

فَهِمْنَا، قال: لقد قدَّمته لها هدية!

وسألناها: هل تجيدين إطلاق النار؟!

فهزّتْ رأسها، وقالت إن هناك الكثير من النساء يقاتلنَ الآن في المحاور، وأشجعهن يسمونها (أبو علي)، أخذتْ وسامًا، إنها رامية (آر. بي. جي!)

وسألناها: لِمَ لَمْ يسمّوها (أُم علي) فهي امرأة؟!

فقالت: هيك اسمها شو بعرِّفْني!

وقال أبي: إنه علم باستشهاد أختي الصغيرة من العجوز، واستنزل الرحمة عليها، ثم عانقَنا واحدًا واحدًا، وقبّلَ رأس أُمي.

ودّعونا، بعد أن طلبوا منا مغادرة المكان إذا غيّرت رياحُ الرصاص وجهَتَها.

***

وقال المذيع: إن فتوى شرعية أصدرها المفتي العام، تبيح للمحاصَرين أكلَ لحوم القطط والكلاب والجراذين، في محاولة أخيرة للحفاظ على حياتهم!

فلكزتني أُمي بوهن. وقالت: قوم جيب البِسَس! وكأنها كانت تنتظر ذلك من زمن! أُمي التي حاولتْ أن تبحث بنفسها عن طعام، فلم تجد، وحين عادتْ ورأتْ عراكنا صرختْ: شو بدكوا توكلوا بَعَض؟! ولم تعد تفكر بالخروج.

رحتُ أركضُ، بعد أن قلت لها: ولكنني لن آكل منها أبدًا!

قالت: المُهم جيبها.

وللمرّةِ الأولى، لم يكن هناكَ للرصاص المتناثر حولي من أثر في القلب! أن تأكل القطط أكثر قسوة أم أن تمضُغَ رصاصةٌ قلبكَ؟!

***

وقفتُ أمام القطة الكبيرة، الهزيلة؛ استجمعتْ قوّتها وحدّقتْ بي، ولم يكن هناك ريش في الزاوية! اقتربتُ منها، أمسكتُ بطوبة كبيرة من طوب بيتنا القتيل، ورفعتُها إلى ما فوق رأسي! كانت القطة يائسة، هوتْ الطوبة باتجاهها، باتجاه رأسها، وظلّتْ واقفة تحدّق بي! لم أدرِ أين ذهبتْ الطوبة، لأنني كنتُ أغمضتُ عينيّ، وحين فتحتها كانت القطة واقفة في مكانها، وتحدّق بي! وفكّرتُ باستخدام طوبة لقتْلها! وكانت يائسة!

وقلتُ: سآخذ صغارها! عدوتُ باتجاه الصندوق. قلتُ، سأسبقها. فطار سرب من الذباب الأزرق من داخله! كانت القطط ميتة، سوى قط واحد، أعمى، يرضع فخذَ أخيه! والقطةُ الكبيرة خلفي واقفة. لقد تبعتْني، مشتْ خلفي مثلما كانت تفعلُ في الأيام البعيدة! مشتْ، احتكّتْ بساقي، لم أخَفْ هذه المرّة، صعدتْ طرف الصندوق بصعوبة واستلقتْ بين صغارها.

ابتعدتُ، ورأيتُها تحاول إبعاد الذباب عنهم بهزِّ ذيلها.

***

وكنتُ أهزُّ رأسي محاولًا طرد بعوضةٍ، تئزُّ في فضاء الغرفة العفِن. وبدأتُ بهرش جسمي كيفما اتّفق. ولم أستطع إغلاق أنفي لأنام!

كانَ يمكن أن أُغلق أنفي لأموت.

سمعتُ طَرْقًا على الباب، نهضتُ، كانت الطَّرقَات أشبه بطوق نجاة، فبغيرها لم أكن قادرًا على كش البعوضة. لكن رائحة الحمّام اشتدّت حين مررتُ أمامه، حين التفتُّ رغمًا عني إلى الحوض!

حاولتُ فتح الباب، لم يُفتح، صرختُ معقول؟ وكنت أهزُّ الأكرة بكل ما لدي من قوة، والطَّرْق يزداد.

***

وقال أبي الذي عاد أخيرًا بعد غياب طويل، حين رأى أمي: إنه لم يترك بابًا إلّا وطرَقَه، دون جدوى!

وقلتُ له: يابا، لِسَّه حديد؟! هذا هو المهم!

فقال: حديد يا ولد.

وسألتُه: اشتقتْ إلْها؟!

فأقسم أن أولاد هذه الأيام لا يستحون! ولم أكن ولدًا.

وحين دخلا الغرفة، طردْنا الأولاد: أولاد الأخوات وأولاد الأخوة. وتغامزنا نحن الكبار.

بقيا طويلًا، ولم تصدر همسة من الدّاخل تدلُّ على ما يحدث.

***

ولم تصدر همسة من الخارج تفيد من الطَّارق! ولم يستجب البابُ، إلا أخيرًا! وعندما أشرعتُه، كان عرق كثيرٌ يتصبّبُ منّي، والرائحة العفنة تهبّ في الممرات فتدفع الطَّارق للداخل. فيدخل دون أن يستأذنني، ويدفعني بدوره. وسأل: كلّ شيء تمام؟!

قلت: تمام!

وحاولتُ أن أتذكّر وجهه.

وطنَّتْ البعوضة قربَ أُذني، فحاولتُ إبعادها، وأنا أتفرَّسه. وفجأة أدركتُ: موظف البريد؟!

وفاجأتْه صرختي.

قال: اطمئن نحن لا نتركَكم هكذا، أنتم ضيوفنا ويجب أن نطمئن عليكم!

قلت: لماذا لم تقل إنك منهم منذ البداية، ثم كيف عرفتَ أننا هنا؟!

قال: ألم يوصلكما السائق إلى هذا الفندق؟

قلت: السائق أيضًا؟!

قال: أنت تعرف كم نحن مستهدفون من الاستعمار والرّجعية

وأعداء التّقدم!

وقال: سأنام الليلة في غرفتكَ! وفي الصباح نرتّبُ الأمور كلّها، وننقلكما إلى فندق حقيقيّ!

وسألته: إن كان هذا الفندق مزوَّرًا؟!

فلم يردّ!

***

وسأل الضابط أبي عن جوازه: مزوَّر أليس كذلك؟! أنتم الفلسطينيون عجيبون، لا تكفّون عن الشكوى، يستطيعُ الواحد منكم أن يحمل خمسة جوازات سفر في الوقت نفسه، ولا يَقنع!

وكنا نعرف أن أبي سيأتي، ولكننا لم نكن قادرين على رؤيته إلا بعد أن يخرج من عندهم، لئلا نفضحه.

وقال له الضابط: مِن مَطْرَح ما جيت اِرجع!

وقال لنا في رسالة: إنه بقي ثلاث ليال في المطار قبل أن تعود الطائرة للتّحليق! وحين حلَّقت حاول أن يرانا من شبّاكها! حاول أن يرى البيت، البيت الذي عُدْنا وبنيناه! وكتبَ، لقد تشابهت كل البيوت!

وحين طَرَقَتْ أمي بابهم: قالوا لها، لماذا تذهبين إليه، لقد باعكم ورحل مع (الزُّعران) وأكيد أنه تزوَّج الآن ونسيَكِ!

فقالت: سأذهب لتهنئته!

فقالوا: ليس عن طريقنا، نسمح لك بالسفر إلى أي مكان، إلّا إليه.

فقالت: ولا تسمحون له أن يأتي!

فقالوا: بالعكس، فليأت، وليستنكِر، وليعترفْ بالتفاصيل التي نريدها، وستكون البلد كلّها تحت تصرفه!

وطَرَقَتْ البابَ ثانية وثالثة، لم تتعب.

***

فوجئتُ بالباب مفتوحًا في آخر الليل، كان زعيق النوارس يملأ المكان، وصافراتُ سفن تعلنُ بدءَ إبحارها. قلت: نحن قرب الميناء إذًا. وتذكرتُ موظف البريد، بحثتُ عنه، لم أجده، وكانت (الكنبة) الطويلة على حالها في المساء، وملابسي فوقها.

سألتُ: قدومه حلم أم عِلْم؟!

وكان الباب مفتوحًا.

***

وأُغلِقتْ أبواب الدنيا في وجهنا مرةً واحدة، حين قال المفتي في فتواه الثانية -ويبدو أن له جواسيسه الذين يستطيعون أن يعرفوا تمامًا أن القطط والكلاب والجرذان باتت مفقودة!- قال: يحقُّ لأهل المخيمات المحاصَرة أن يأكلوا لحمَ موتاهم!

فكسرنا أبواب الدنيا كلّها مرّة واحدة.

ولكن قذيفة سبقتْنا إلى العتبة، عابرة باب القبو الصغير، الذي كانت تمرّ منه العجوز قبل المذابح بصعوبة، واستقرّت، القذيفة، وسط القبو، تأمّلتْنا واحدًا واحدًا!

قلت له: ربما كانت تريد التعرّف إلينا، معرفة ضحاياها! وظلّتْ صامتةً! وماتَ عددٌ منا خوفًا عشرات المرات في الثواني القليلة التي عرّشتْ برعبها في عيوننا. ثمة غياب لفحَنا، غياب عن الإحساس بكل ما حولنا، لعله كان تحضيرًا لنا لكي نعبرَ عتبةَ الموت!

***

وظلّتْ القذيفة برأسها المغروس في إسمنت الغرفة، بفراشاتها تتأمّلنا! ولم نجد ألسِنتنا لنرفعَ أيّ نوع من الدّعوات إلى السماء الدّخانية! ووجدنا أرجلنا أخيرًا!

فقالت أمي: شوَيْ شوَيْ يا أولاد!

وكانت أعيننا جافّة وشفاهنا. وأمي الخائفة، أمي التي لم نرها مثلما

رأيناها تلك اللحظة، عادتْ تهمس: شوي شوي يا أولاد!

وقالت لي فيما بعد: إن القذيفة كانت نائمة، وربما مُتعبة، ولم يكن فيها حَيْل لتنفجر! لو رفعتم أصواتكم لاستيقظتْ!

كانت تهلوس.

وقلت لها: ربما أشفقتْ علينا بعد أن تأمّلتْنا!

وقالت: ربما كان الذي أطلقها ابن حلال، أجبروه على إطلاقها، وإلّا فإنهم كانوا سيطلقون النار عليه!

***

واختلفنا في القذيفة، واتّفقنا أن العودة إلى القبو باتت مستحيلة. في الوقت الذي بقيتْ فيه كلّ أشيائنا الضرورية هناك، وسطل الماء الأخير المختلط بالدم أيضًا.. سطل الدم الذي تبرّعت العجوز بالذهاب إلى القبو لإحضاره غير عابئة بوجود القذيفة.

***

وبكى جارنا الصغير..

أشتدّ بكاؤه، احتضنته أمي وسألتْه عن سبب بكائه، لكنه لم يجب، ظلّ يبكي فقط.

وفجأة قال: إنه وجد أمه على الشّجرة؛ فوق الزيتونة في الحوش، حوش بيتها، عندما فتح الباب.

قال: إن القذيفة علّقتها على الزيتونة وإنه عرف أنها أمه من خاتمها، وإن زوجها لم يَطر إلى الأعلى، كان ملتصقًا بالحائط!

ورأينا دموعه تتراجع، لكن بريقًا، ما، شّع في عينيه، فلم يعد هو!

قال: إن عليه أن يذهب إلى بيته ليحضر بعض الأشياء.

قلت: سأذهب معك.

قال: لا.

وعندما عادَ كان يحمل مذياعًا صغيرًا.

قال لي: إن المذياع الآخر ماتَ بين يديه! وإن صوت المذيع مات! وإن نداء المذيع للجماهير لم يصل، ولذا فإنه قرر أن يتحرّك!

وأَخرج أطلس العالم العربي من تحت قميصه، وكميّة كبيرة من ملابس ملونة زرقاء وحمراء وصفراء وسوداء، جديدة ومتهرِّئة.

وقال: المذياع لكم!

وكنا في العراء، على بُعد أمتار قليلة من القبو، ملتصقين بظهورنا بجدران البناية العالية.

***

وكان أبي وأُمي هناك في الداخل، تكثَّف صمتُنا أكثر وبدأْنا ننظر في وجوه بعضنا البعض باستغراب، حين مرَّ النهار كلّه وأوشك الليل أن يكون. ملّ الصغار حبْسَهم فانطلقوا يدورونَ خلف الدار، الدار التي لم تزل آثار الطّلقات في سورها وأحد أعمدتها الذي ظلّ واقفًا رغم انهيار البيت كلّه، عمود الكهرباء أمام باب حوشها حيث الريح تَصْفُرُ فيه وقد تحوّل إلى ناي معدنيّ هائل، بحيث أصبح بالنسبة لنا نايا للقتلى في ليالي الشتاء، الناي الذي لم يتركنا نهدأ!

لكن أحدًا لم يجرؤ على الصعود إلى رأسه لسدِّ الثقوب.

وقلت ستخرج أمي الآن وقد استعادت عافيتها وشبابها، مثل تفاحة مزهوّة على غصنها!

***

خرج أبي مع من خرجوا، أُولئك الذين غُصّت بهم صناديق الشاحنات، وألقتْ بهم خارج الحدود.

– من يريدها فليبحث عنها في مكان آخر، هذه الفلسطين! وبحث أبي طويلًا، بحث كثيرًا، ثم قال: كان بيننا وبينها باب واحد، وكلما مرّت سنة أبعدونا إلى مكان آخر، فإذا بالباب يصبح بابين، ثم ثلاثة أبواب، فأربعة، اثنين وعشرين بابًا! ولم يعد يُسمح لك أن تموت كما

تريد! ولم يكن مسموحًا لك أن تعيش كما تريد! أيّ حياة هذه؟ كل هذه السنوات وأنا أحاول الوصول إلى عتباتها، فإذا بي أصل إلى عكاز!

العكاز الذي حاول أن يخفيه.

- الآن يقولون لكَ أهلًا، يقولون لك: تنفّس ملءَ رئتيك، وهم يدركون جيدًا أنك بلا رئتين. ويقولون لك: الآن باستطاعتك أن تنام ليلك الطويل!

***

قال جارنا الصغير: سأنام في القبو!

صرخنا به: والقذيفة؟!

قال لا يهم، أُريد ضوءًا، ولا أستطيع إشعاله هنا في الخارج! كان مقصّه قد عمل عمله في الملابس التي أحضرها، وكان لا يكفّ عن تقليب صفحاتِ الأطلس. أخرج إبرة وخيوطًا من جيبه، وبدأ يخيطُ القطع، وعندما حلَّ الظلام قال: سأنام في القبو.

ولم ينم.

اختفى هناك في زاوية قصيّة، ولم يحدِّثْنا. كنا نجلس مُلصقين ظهورنا الواحد إلى الآخر، بحثًا عن دفء.

وعندما خرج صباحًا استلّ عِصيًّا من عريشة العنب، العريشة التي تعود للعجوز، واختفى في القبو ثانية؛ وعندما خرج، كنا مندهشين تمامًا.

كل أعلام العالم العربيّ كانت ترفُّ هناك في رؤوس العِصيِّ! العِصيِّ التي غرسها تحت حزامه من الأمام والخلف، وتركَ فُسْحَةً صغيرة بينها لعينيه! وكان المذياع بين أيدينا يدورُ كاسطوانة مشروخة تردّد دون توقّف: "يا جماهير أمتنا، يا جماهير أمتنا، إن المذبحة التي تُرتكب اليوم ضد شعبنا..."

أحنى ركبتيه وهو يمرّ من تحت العريشة، وكان وجهه للشارع.

صرختْ أمي: وين يا مجنون؟! وكنا نبكي.

لكنه لم يردّ.

عدَّل قامتَه وغالبَ دمعًا حارقًا في عينيه. كشطَ بقعةَ دم جافة من على خدِّه الأيمن، كانت تضايقه، ثم أطلق صوته على آخره في نهاية الممرّ المؤدي للشارع:

أنا الجماهيرْ أنا الجماهيرْ
روس العُملا رايحهْ اِتْطيرْ
أنا الجماهير أنا الجماهير
روس العُملا رايحهْ اِتْطير

أنا الجماهير على الجنْبينْ
من مراكش للبحرينْ!
يا شارونْ يا عكروتْ
اِسمعْ صوتي من بيروتْ
يا عميل الأمريكانْ
اِسمع صوتي من عمّانْ

اِكِتبْ إكتبْ في الدّفترْ
فليحيا تلِّ الزَّعتر

اِفتح عينك يا اعمى وإقرا
هذا دمِّ الشُّهداء في صَبرا

وكان الرصاص يهبُّ حوله، والرايات تخفقُ. مندفعًا كان، غير عابئ بما يتساقط منها!

وظل يبتعد، باتجاه أحد المحاور، حيث كان الجحيم منتصبًا هناك واصلًا الأرض بالسماء!

***

وخرجتْ أُمّي أولًا، أدارتْ وجهها، ولم يكن ذلك فَرحًا خَجِلًا بما حدث في الداخل. همستْ: اتركوه.

وبعد ساعتين، خرج بعينين جمرتين!

فقلت: كيف لم أتنبه إلى صدر أمي المبتلّ؟! أمي التي ذهبتْ وغيَّرت ثوبها المنقوع في الدموع.

أَغلق البابَ بقامته وكان يشدُّ على إطاره. خفنا، لم يكن نفسه الذي دخل قبل ساعات. نظر إلينا ثم صرخ: ما الذي تفعلونه هنا؟!

أعادها ثلاث مرات، قبل أن تأخذه أمي من يده وتقوده إلى خارج البيت مثل طفل، ويغيبان عن أعيننا.

***

كان علينا أن نبتعد، أن نغادرَ ظلَّ البناية العالية. أن نبحث عن قبو آخر، ملجأ، أيّ طعام.

أُمي حدّقتْ فينا طويلًا ثم انفجرتْ: هذا الشيخ الدَّاعر ابن الدَّاعرة بدّو ايَّاني آكل لحم أولادي!

وحدّقْنَا في وجوه بعضنا بعضا، وحدّقنا في أُمنا، وتساءلنا: هل سنضطرُّ لأكل واحد من أخوتنا. أم سنبدأ بأمّنا؟!

وأعادوا إذاعة الفتوى، ردّدوها كنشيد! حتى إذاعتنا ردّدتها! وكان الخبز على بعد خمس دقائق منّا! كل شيء، الحياة الكاملة، كانت على بعد خمس دقائق منا، تقطعها الرصاصة في لحظة!

وقالت أُمي: ألا يكفيه أنه حلّل لحمنا لكل هذه الأسلحة، ولهم، حتى يدفعنا إلى أكل بعضنا على سُنَّةِ الله ورسوله؟!

***

وحين وصلْنا إلى ملجأ قَبِلَنا أخيرًا، ملجأ مظلم، كل وجوه من فيه ضامرة. حين غامرنا في قطع أرض مكشوفة للوصول إلى هناك. حينَ رأتنا الدبابات ورشاشات 500 القابعة في أعالي التلال المحيطة، وأرسلتْ نيرانها؛ رحنا نزحف طوال الليل كي نصل إلى حائط يُخفي ظلالنا.

حدَّق فينا كلّ من في الملجأ، وخُيّل إلينا عندما رأيناهم، أننا الأسمن والأوفر صحة! حتى دون العجوز، العجوز التي لم تستطيع الزّحف، وظلت تسير واقفة، ففقدناها!

واكتشفْنا: ليس لأننا الأسمن ينظرون إلينا هكذا، بأعينهم الجائعة! كان لنا رائحة ما، غريبة، تفوحُ منّا؛ وحين نظرنا إلى بعضنا بعضا وجدنا فُتاتَ لحم ملتصق بنا، فانشغلنا بإزالته عنّا طوال الليل!

قالت أُمي: لقد رأيتُ القذيفة تصيبها، رأيتُ العجوز تومض وتختفي! واستعذْنا الرّذاذ الحار الذي انهمر فجأة علينا ونحن نزحف، فبدأتْ أبداننا ترتجف وعصفت بنا الحُمّى.

وتساءلتُ: من سيأكلني من هؤلاء، من سآكل؟!

وقالت أُمي فيما بعد: إنها لم تستطع النّوم. كانت تريد أن تحرسنا، وكان للعيون أنيابها الأكثر حدَّة من الأنياب!

وانشغلنا بانتزاع فتاتِ اللحم عن ملابسنا؛ وكلما ألقينا بقطعة حدَّق فيها كل مَن في الملجأ! وكنا ننتظر، من سيبدأ الهجوم؟ من سيكسر خوفَهُ الأزليّ من الأمواتِ ولحمِهم، في محاولة أخيرة للبقاء على قيد الحياة؟!

انحنى رجل عجوز، دفع اللحم المختلط بالتراب بطرف ورقة، جَمَّعَهُ، اتجه إلى الباب وألقاه خارجًا.

***

وقال لي: طُز في هيك حياة!

لقد أحسستُ أنها أكلتْ يدي الثانية، عندما قطعتْ نصفَ الوصايا التي لا بدَّ منها للفتاة لخداع أبيها.

كنتُ جهَّزتُ لها كلّ حاجياتها. وانتظرتُها أمام الباب، حتى عادت. ناولتُها الحقيبة، أحسَّتْ بالسُّخن فجأة! فارتبكتْ. وأحسستُ بالعرق يتفصَّدُ تحت شعرها، المستعار، شعرها الذي قلتُ لها ألف مرة: إنني لا أحبه، وإنه مزيّف، وإن عليها أن تُلقي به بعيدًا.

فقالت: لا أحد يستطيع أن يُميِّزَ بينه وبين أيّ شعرٍ حقيقي، لا أحد يعرف!

وقلت: أنا أعرف أنه مستعار!

وكانت حاولت أن تقنعني أكثر من مرة أن أضع يدًا خشبية أو بلاستيكية بدل يدي.

وظلَّت تقول: إنها سألتْ، وإن هناك أيدٍ لا تستطيع أن تُفرِّقَها عن الأيدي الحقيقية!

وقلت: إن ذلك قد يريحكِ حين نمشي معًا، أمام الناس! ولكنني لن أستطيع ضمّك بها، تفهمين؟!

ولم تقل لي: إن يدًا واحدة تكفي!

***

قلتُ لها: تريدين أن نتحدّث، أم نختصرِ الموضوع؟

فقالت: نختَصرهُ! فقط، لا أُريد العودةَ إلى أهلي الآن.

قلت: لا عليك، سأترك البيت لك الليلة.

قالت: إلى أين؟

قلت: سأُدَبِّر حالي، وحين تخرجين باكرًا، ضعي مفتاحكِ في تنكة النعناع.

وسمعتُ الباب يُطرق خَلْفي، وكنتُ أبتعد.

مشيتُ ليلةً كاملة، دخلتُ أزقة طويلة، تتقافز فيها قططٌ وجراذين

كبيرة، الجراذين التي ظلّت ترتُع في المخيم منذ المجزرة، بعد إصابة بناية البيطرة.

ورأيت الصباحَ لأول مرة. منذ زمن لم أره، وأحسستُ بالبالطو الثقيل يتمزّق، وأنني أخرج للعالم من جديد ناصعًا كصوص يعتلي قشرةَ بيضة!

***

وقلت له: إن ما أعرفه تمامًا، أن صاحبتي التي مات أبوها تغَّيرت فجأة، أصبحتْ أكثر جرأة من أيّ يوم من الأيام! وأنها بكتْ وقالت لي: أكان لا بد أن يموت لأحسَّ بالفرح، لماذا لم يتركني أفرح ويظلّ حيًّا؟! فأحببتها أكثر، ولم يعد أحد قادرًا على التّفوه بكلمة ضدي في الحارة، نَمِرَةٌ حقيقية اندفعتْ داخل صاحبتي التي لم أعد بحاجة لكتابة الرسائل إليها مفتتحًا كلامي: حبيبتي!

أصبحتُ أقول لها ذلك مباشرة مثلما يحدث في السينما، ولم أرتبك مثل عبد الحليم حافظ في فيلم (معبودة الجماهير) أمام شادية! وتركتُ لها حريّة التصرّف بشاربي! وصرتُ أسير معها في الشارع، ولم تعد المسافة التي تفصلنا عن بيتهم نفس المسافة.. ظلّتْ تضيق! وعندما أصبح لي شارب شبه حقيقي. قالت: إذا حلقته لن أحبّك أبدًا.

وكانت قد بدأتْ تعود من المدرسة، إلى بيتنا، قبل أن تعود إلى بيتها.

***

وقال لي: بيتها الذي طار، مثل يدي.

قلت: وطارت بعده بشهر.

حين خفقت المذبحةُ البشر كما يُخفَقُ البيض في البرنامج الغذائي إياه! وكان يجب أن يمرَّ وقت طويل لنعرف تمامًا أين نحن. وكنتُ أبحث عنها، وأعمل على أن أمرّ من أمام بيتها كلما ذهبتُ إلى حطام

بيتنا.

وحين عادتْ، عادت حُبْلى! فارتعبت من أن أكون أب الطفل! ولكن، أنت تعرف، لم نكن وصلنا معًا (للغميق) فهربتُ! وفي وسط البلد رأيتها مرّة أخرى بعد ذلك بشهور، فركضتُ خلْفها وحينَ وصلت إلى الإشارات الضوئية، التي كنا فَرِحين بالوقوف تحتها، لأنها كانت جديدة، توقّفتْ هناك، فوقفتُ خَلْفَها على بُعد خطوتين، كان جنينها يطل برأسِهِ ويغمزني! وبطنها يتحرّك تحت قميصها الضيق. فهربتُ ثانية. كانت امرأة كبيرة، ببطنها، بجنينها المتفلّت، وأحسستُ بجسدي يتضاءل، وبشاربي الصغير يختفي!

***

وقال: إنها اختفتْ أيضًا، وإنه لم يجد المفتاح في تنكة النّعناع! وعندما أراد أن يفتح الباب ويدخل، لم يدخل المفتاح! فحدّق فيه ليتأكد إن كان مفتاحه نفسه! ولم يكن غيره! حاول مرة أُخرى، وخطر له أنها لم تزل في الداخل، وأن مفتاحها هو المشكلة، فلم يطرق الباب، لأنه لم يكن يريد أن يراها ثانية، فابتعد.

***

وقلتُ له: إنها عادتْ بجديلتين، ونهدين غير اللذين أعرفهما! وأنها تقافزتْ كطالبة، وحملتْ الحقيبة، واجتازت عتبة البيت، بيتنا، وأرادت أن تتناول الطعام، طعامَ الغداء، معنا، وأن أُمي بكتْ حين رأتها، ولم تقل لي لماذا بكتْ، لكن حبيبتي لم تكن حبيبتي التي أعرفها، فارتبكتُ. ولم يسألها أحد أين أبنها!

حاولتْ أن تدور كثيرًا حول كلماتها، عندما اختلينا! حاولتْ أن تشرح لي: لكنها لم تستطع، لأنها لم تكن تفهم ذلك الذي حدث لها فعلًا. ولذا لم أفهم شيئًا. وحين فهمتُ كلمة (اغتصاب) كان زمن طويل قد مرّ، وأصبح الأمر سيان، أن أفهم أو لا أفهم بأنهم

اغتصبوها! لأنها تزوّجتْ هذه المرة، ورأيتها قرب الإشارات، وكنتُ أعضّ أصابعي ندمًا، وحين وصلتُ كان بطنها كبيرًا كالمرّة الأولى، لا، أكبر بكثير، فهربتُ ثانية!

***

وقال لي: إنه عاد مساء، وأدخل المفتاح في الثّقب فلم يدخل! وإنه انحنى، فوجد قطعة من الخشب في القفل. وإنه ضحك من نفسه، لأنه كان ألعوبة في يدها. عاد ليدور في الشوارع ثانية، إلى أن أحسّ بالتعب، فطَرَقَ باب جاره، ورجاه أن يكسر له الباب، ارتبك الجار، ولكنّه أطاعه في النهايةّ! وعندها أطلّ الفراغ، لم يكن ثمة شيء قد بقيَ في البيت، كان على البلاط!

***

وقلت: إنها واحدة من أسوأ الليلات، ولو كان النومُ فيها على البلاط لكان الأمر أفضل بكثير، بدل العفونة اللزجة التي تغمر الجدران وتصعدُ باتجاه النافذة، النافذة التي كانت تطلّ على أصوات النوارس وصافرات السفن.

وقال: إن موظف البريد جاءه، ونام عنده بعد منتصف الليل، وإنه خرج في الصباح دون أن يراه!

قلت: لقد جاء عندي أيضًا.

وقلت: يحيّرني أنّه تغابى وخدَعَنا هناك في المطار، وأنه جاء ليكمل الخدعة هنا! وربما يكون ما يحدث لنا كلّه خدعة وقال: عليك أن تصبر!

***

وهمسَ موظف الاستقبال وهو ينظر حول نفسه: إن امرأة اتصلتْ به وأَوصتْه بنا خيرًا!

وأفلتتْ كرةُ الصّوف من يده، فراح يتابعها، وهو يعتذر. وقلتُ

ربما فتاة المصعد، ولكنني تذكرتُ أنها كانت معي في الحلم، فطردتُ الفكرة! ثم انفجرتُ ضاحكًا، فسألني الآخر: ما الذي يُضحكك إلى هذا الحدّ؟ ولم أقل له: إنني جننتُ، وإنني برَّأْتُ فتاةَ المصعد!

وسأل: أية فتاة تلك التي يمكن أن تتصل، أَيْ إذا اتصل رجل بكون نِعْمه!

وظلّ موظف الاستقبال يركض خلفَ كرة الصّوف التي خرجتْ من بوابة (الكاونتر) الجانبية وراحتْ تتدحرج في الشارع.

وقلت: ربما قررتْ كرة الصوف أن تتمرّد، وألّا تُحْبَس بقيةَ عمرها في كنزة يرتديها الموظف، أو زوجته، وأنها كانت تحبُّ، لو خُيِّرتْ، أن تكون خيطًا لطائرة ورقية، أو أن تبقى متأرجحة بدلالٍ فوق إليَةِ نعجةٍ حقيقية تحفُّ بها الأكباش!

انشغلتُ بكرة الصوف؛ نسيتُ الفتاة، وأحسستُ أخيرًا أن في الأمر إنَّ!

***

وقال لي: إن الأمر بالنسبة إليه كان صعبًا في البداية، ولكنه عندما اكتشف كم أصبح حرًّا، بدأ يرقص داخل الفراغ، فراغ البيت الواسع، وإنه أَغلق الشبابيك كلها، سوى واحد، تركه يستقبل الضوء في إحدى الغرف بِحُريَّةٍ وبكثافة غريبة، واستحمّ به. نعم بالضوء.

وقلت: إن الأمور في مسألة الضوء تتشابه مع أمور الماء!

وعندما سألني: كيف؟

أجبت: حين تُغلِقُ كل الصنابير وتُبقي واحدًا فإن كمية المياه المتدفّقة منه تكون أغزر، وهكذا يحصل مع الشبابيك، والبيوت!

وتماديت وقلتُ: إن ذلك يحدث على نطاق الأوطان أيضًا!

فقال: إنك تتفلسف الآن!

فقلت: أبدًا والله، فحين يُغلقونَ نوافذ بيوتنا فإن كميةَ الضوء في

بيوتهم تزداد، أليس كذلك؟!

فقال: منطِق!

***

وقلت إن الضوء الشّاحب في الملجأ، كان يُمَهّد الطريق لمباغتتنا؛ حتى أننا كنا نتلفّتُ حولنا، ولا نعلم متى ستبدأ الأنياب عملها فينا! وهل سنحسّ بذلكَ فور تحرُّك أحدهم، أم بعد أن تلفحنا أنفاسه؟ أم بعد أن تقضمنا أنيابه؟ أم أننا لن نجد الفرصة لكي نحسّ بأننا (رحنا فيها)؟ وهذا أفضل!

***

وقلت له: إن واحدًا فقط كان يخيفني بصورة خاصة، ينظر إليَّ بعينين جاحظتين، أُحسّ بهما تحفران كتفي! ولم أدرِ، لماذا تحفران كتفي إلّا متأخرًا، حين اقتربَ زاحفًا، ولم تكن به قوّة تتيح له أن يقف على قدميه. هذا طمأنني أكثر، لأنني كنت أرى فيَّ قوة قادرة على دفعه وإلصاقه بالحائط؛ ولم يكن هناك أي حائط، لأن البشر أخفوه تمامًا بأجسادهم. ظلّ يزحف، ورأيت عينَي أُمي تشتعلانِ خوفًا. ثم رفع يده بصعوبة، ولم يكن قادرًا على قتْل نملة، لا أقول ذبابة أو ناموسة! لم يكن قادرًا على قتل نملة، ومن على كتفي التقطَ شيئًا ما، حين رأيته، تبين لي، تبين لنا، أنه قطعة لحم صغيرة نسيتُها أثناء تنظيفي لنفسي من فتات المرأة العجوز! وضعها في فمه وراح يلوكها! كانت يابسة، ولم تكن له تلك الأسنان القادرة على طحنها، فَزِعْنا، كل من في الملجأ. وفجأة دبَّت فيه قوة، انفجرتْ حنجرتُه وصرخ: الله أكبر، الله أكبر، الله أكبر!

وانطلقت الأصوات من كلّ صوب: الله أكبر، الله أكبر، من الخارج، ومن الداخل!

المرأة المسيحية التي تدلّى صليبها من رقبتها صرختْ أيضًا: الله

أكبر..

وخرج الناسُ من الملاجئ، الأطفال، النساء، الشيوخ!

اشتعلَ ليلُ المخَيم بالتّكبير. توقّفت القذائفُ وعمَّ صمتٌ مرعبٌ، جليل، مُبْكٍ؛ وراح البشر يتجمَّعون في الشارع الرئيسي وكأنهم متّفقون على ما يقومون به منذ زمن!

ونزل مطرٌ غزير، لم يكن الموسم موسمه.

اندفعوا في الطّرُق باتجاه هدف واحد، عشرات الآلاف من الأطفال والنساء، وقالت أُمي: اِبقَ هنا.

وبقيتُ.

اليوم أسأل، وسأبقى أسأل: قوة اليأس تلكَ التي هبتْ فيهم أم قوة الحياة، ليندفعوا باتجاه البنادق؟!

***

وقلت للآخر: إن العجوز هي التي أنقذتْ حياتكَ ولستُ أنا!

فقال: لا تجنّني! أصبحتَ تخلطُ الأمور بصورة عجيبة!

قلت: إن لحمها هو الذي أنقذك! لحمها الذي أعطانا الدّرس الأقسى: أن لا نخافَ من اللحم، إذا ما رأيناه ملتصقًا بنا!

وقلت: إن المطر أنقذ حياتك أيضًا حين انهمر، لأنني لم أُطْع أُمي وأبقى هناك حيث أرادت، باعتباري الكبير، الكبير الذي يُغري الجنود بإطلاق النار عليه، وتدشين لحظةِ إعدام.

المطر أنقذ حياتك، حين انهمر ومنعَ العجوز التي كانت تجرّني بفتاتِ لحمها غير المرئي وبقع دمها المتغلغلة في ملابسي، تجرّني لألْحقَ بهم! هل كانت تريد أن تنتحر، أم كانت تريد أن تعود إلى الحياة، بلا قذيفة مباشرة؟!

المطر أغرقني، لامس عظمي سيولًا، وأخذ العجوز معه، فتوقَّفتُ، توقَّفتُ كأنني صحوتُ!

من يدري هل كنتُ سأستطيع الرّكض فوق ذلك التلِ البشري من الأشلاء، لكي أجُرَّكَ خارجَهُ عندما سطعتْ شارة الحياة تلك، فيك!

وقال: لو تأخرتَ قليلًا، لـربما كـانوا وجـدوا لي يـدًا مناسـبة! أنـا متأكّد من أنهم كانوا يبحثون لي عن يد!

وقلت له: لكنّ الجرَّافة كانت قد بدأت تعمل.

ولم أرغب في توجيه السؤال القاطع إليه: أكنتَ تفضِّل أن أتركـك هناك، أم أخرجك بيد واحدة؟ لأنني أعرف كم أصبحنا صديقين.

التفتُّ، وجدته فوق رأسي، ولم أسأله كيف استطاع الدّخول إلى الغرفة! قال لي، الآخر، قال لي: أعرف مشكلتك، لأنني وحدي الذي يفهمك. وطمأنني أن القضيّة حُلّتْ برمَّتها، وأن الفرصة مواتية لتربية شاربي من جديد، ولنمو يده ربما! وكان يشدّني خارج الغرفة، وهو يتأفّف.

- كيف يمكن أن تبول في مكان كهذا؟! كيف نمت؟!

وقال: لقد (وجدته)!

وأوقفني أمام باب أبيض، بياض لا يُحتَمل، نظيف إلى حدٍّ لا يوصف، وقال: تفضّل. عرفتُ أنه الحمّام! كانت القطعة النحاسيّة المُبَسَّطَة لرجل واقف مرفوع الرأس مثبتةً بالباب، وتساءلتُ: لماذا يكون الرجل النحاسيّ المثبت على أبواب الحمّامات منتصب القامة دائمًا، مرفوع الجبين كأنه يعيش لحظة مجد حقيقية؟!

وقلت: الأفضل أن يكون مصابًا بحالة ارتخاء أو احتقان!

وكان يقول لي: إن التبوّل بعد زنقة متعة لا تُوصف!

ولأنه مقطوع من شجرة آدميّة ومن ظلِّها، فقد قال لي: زنقتك غير زنقتي، مع أن لكل منا زنقة! وأكمل كلامه بالنكتة الشائعة: لقد فكرتُ أن أُعلِّقَ يافطةً صغيرة في رقبته الصغيرة، وأكتب عليها: للبول فقط! وضحك، وقال: ولكن من سيقرأ؟!

وسألته: كيف وجدتَ الحمّام؟!

قال: بصعوبة!

دخل، ودخلتُ خلفه.

وقلتُ: التبوّل متعة فعلًا! قلتُها وقد بـدأ إحـساسي بوجـود قنبلـةٍ على وشك الانفجار أسف بطني يتلاشى. وخرجتُ، وكان بإمكاني أن أملأ صدري بالهواء أكثر، وأن أتـنفّس بعمـق أكثـر، نعـم، في الحـمّام! حيث لم تكن هناك أيّ رائحة كريهة، كانت الرائحة بيـضاء كـالبلاط، وأضواء النيون، والمرايا، وثيابي، وشاربي الحليق!

خرجتُ، وحين دفعتُ قدمي إلى الأمام، لكـي أخطـو، تمامًـا كـما كنتُ أخطو منذ تعلّمتُ المشي، لم أجد أرضًا أمام الحمَّام، كانـت هنـاك هوَّة فقط، حفرة امتصاصية كبيرة، وكان الآخـر يغـوص في اللزوجـة الكريهة!

وقلت: إنني ساهمتُ في إغراقه حين بُلـتُ! حـين دفعـتُ للحفـرة تلك الكمية المهولة!

كان يشير إليّ بشيء في يده، يحاول إنقاذه من البلل، في عنقه الصغير يافطة صغيرة! ولم أعرف كيف استطاع انتزاعه من مكانه، ولماذا يُلـوِّح به! هل كان يخشى عليه الغرق؟!

وقلت: لو كنت مكانَهُ، فإن مشكلتي سـتكونُ أصـعب، سـتمتلئ الهوَّة بالماء، ربما قبل وصول يدي إليه! وسيموت أمـامي هكـذا، مثـل عصفور! وربما لن أجده، مثل فتاة المصعد، ذات الصوت الناعم، التي غطتْ أخبار الحرب، عبرَ الإذاعة؛ الفتاة ذات الأصابع الناعمـة، التـي بحثتْ عنه فلم تجده، لقد أَمَّلَتْنا بالكثير من الانتـصارات، كعـادة كـل المـذيعات والمـذيعين! فلتُـصْعَق إذًا تحـتَ نـار المفاجـأة، أو ثلجهـا، ولتبحث ولتُجنّ!

وقلت: فلنجنّ نحن أيضًا.

***

وكنتُ أركض، والآخر يتأرجح على كتفي. أركض، وكان الجنود يركضون خلفنا!

ماذا لو أمسكونا. سيقولون: هذا لنا!

وسأطلب منهم أن يثبتوا كلامهم.

سيقولون: إننا قتلناه!

وسأقول: إنه حيٌّ!

وسيطلقون عليه النار، ويقولون: إنه لنا الآن، ها نحن قتلناه! لكنهم لم يطلقوا النار، فقد كان هناك مراقبو اللجنة العربية العليا ومبعوث الجامعة العربية، والصليب الأحمر الدّولي و.. كلهم جاؤوا بعد نفاد رصاص المهاجِمين! وكنا نركض ونعدُّ أنفسنا لحصار مقبل، حيث أصبح من حق الجميع أن ينالوا حصّتهم، حصّتهم كاملة من لحمنا!

***

وظلَّ يشير إليَّ؛ وقلتُ سيموت قبل أن أستطيع إخراجه، وكان بلا صوت! وفجأة، لاحظتُ حوله رجالًا، نساء وأطفالًا، وكانوا يستغيثون.

قلت: الحمّامات منفصلة، لكن الحفرة واحدة!!

ولم يُثِر عجبي سوى وجود الأطفال! هل أتوا من حمّام الرجال أم من حمّام النساء؟ أم منهما معًا؟ وكنت كفأر السفينة، الحمّام يتأرجح بين الناس المغمورين حتى أعناقهم، ولم يكن الأطفال يبكون! وهذا أدهشني أيضًا!

وتساءلت: ربما كنت بلا أذنين، من يدري! لعل هوّةً، أو هوَّتين هنا في رأسي أيضًا! وربما كان الناس بلا ألسِنَة، وأنّ الهوة هناك فيهم أيضًا! التفتُّ إلى جانبَيّ، ولم أكن وحدي؛ التفتُّ إلى الأعلى؛ كان ثمة مجموعة من البراميل، ورجل فوقها يصيح. براميل مرسوم على كلٍّ

منها جمجمة! والرجل يشير إلينا أن نهرب، ولم نكن نعرف كيف نهرب وإلى أين!

ارتطمت الحمّاماتُ الطافية أخيرًا بالرّصيف، فقفزتُ! وبدأ الآخرون بتسلّق قامات بعضهم بعضًا والخروج. وظلَّ الرجل في أعلى البراميل ذات الجماجم يشير إلينا أن نهرب ونبتعد! وأن نُحَذِّر المدينة! فزَعُهُ كان يقول ذلك. فركضْنا! وصلتُ إلى باب أحد الدكاكين التي تبيع الطبول والدّفوف وأقفاص العصافير والأعواد؛ أمسكتُ بطبلة وبدأتُ أضربها بعنف، ولكن الناس الذين رأوني وسمعوني صاروا يرقصون!

ألقيتُ الطبلة على الأرض، تهشّمتْ. هززتُهم، وحاولتُ أن أقول شيئًا، لم يسمعوا! تناولتُ قفصًا وبدأت أطرقه بعنفٍ أشدّ، ظل صامتًا، لم يخرج منه صوت! كانت يدي تتحرّك بجنون، دونَ أن يُحدِثَ ارتطامها بالخشب والأسلاك صوتًا!

قلت: طبول الأعراس ليست طبول الحرب، حتى ولا طبول الهزيمة!

وقلت له: لماذا نُحب قادتنا المهزومين أحيانًا، كما نُحب قادتنا الذين كانوا ينتصرون؟! ولماذا نمنحهم الفرصة تلو الأخرى ليثبتوا أننا جديرون بهم؟! ولا يمنحوننا فرصة واحدة حين نقع في أيديهم، بالنجاة؟

قال: نحن شعوبٌ متسامحة!

ونظرتُ خلْفي، لم أجده، ربما كان أمامي! ورأيتُ قادة يركضون، بدشاديشهم التي أطبقوا على أطرافها بأسنانهم! ورأيت بعضهم يُلقي بندقيته وبدلته العسكرية بعيدًا ويركض؛ في يده ميكروفونه المتّصل بسماعات كبيرة تتقافز خلْفه متّصلة بأسلاك كهربائية متشابكة. وكان الأطفال يركضون ويكْبِرون!

أمسكت بصينيّة ألمنيوم،، انتزعتُها من بين يدي بائع أدوات منزلية، ولم أدرِ لِمَ لَمْ يهرب أصحاب المحلات التجارية؟! وبدأتُ أطرُق بكلّ قوتي، وسمعتُ الصوتَ، أو هكذا قررتُ أن أُحسّ، لكن دخانًا أبيض كانَ قد بدأ بالانطلاق من البراميل وقطْع الطريق علينا!

قلت: مُتْنا! نهرب منه، فإذا به أمامنا!

غَمرنا الدخان الأبيض كلّنا، وبقينا نركض، لم نَمُتْ.

قلت: الرجل ضحكَ علينا، حين رسمَ على كلّ برميل جمجمة، وواصلتُ الطَّرقَ على الصّينيّة!

وكانت رائحة الحمّام تملأ الغرفة، والباب يُطْرَق بقوة!

***

وكان الطين كافيًا لتلطيخ وجه العالم الكبير كلّه، الطين الذي اندفعتْ إليه أيدي الأطفال والنساء، وراحوا يرشقون به وجوه المهاجِمين ودباباتهم، شاقّينَ طريقَهم عبر الأسلحة، وهم يهتفون: بدنا نرجع لبلادنا!

بلادهم المحتلة!

عندها فقط تنبه قادةُ الجنود، فبدأوا يعيدونهم بالقوة إلى الوراء.

قال ضابط: ليس لديكم تذاكر إياب!

وأعادوهم؛ وفي المساء عاد القصف، وفي المساء رنّ هاتف الجنرال، مكالمة من خارج البلاد! وكانَ المتحدّث يحاول تخفيف كلامه ليبدو طُرْفة: أي شو أخي، بكفيكم، أبقوا لنا شيئًا من لحمهم، هل تريدونَ لهفَ حصَّتنا، أبقوا لنا دورًا في المنطقة، وَلَوْ!!!!!

وحين ردّ الجنرال : المهمَّة الآن كلّها على عاتقنا! اجتازَ المتحدِّثُ بالهاتف الحدودَ بدباباته، ليأخذ حصّته، وقلنا: جاءت النّجدة!

وكنا نثرثر..

وقلتُ له: يقال إن الأمريكان حسبوها، فوجدوا أن القضاء علينا

بواسطة الأيدي العربية المحليّة، أقلّ كلفةً من إرسال المارينز بكثير! وإن المعركة تكون أخويّة، وإن بإمكاننا نحن دائمًا أن نمسحَها باللّحية، ونتصالح! أي نتضامن! وإن فرْق العِمْلة، فرقَ العمليَّة! سيكون من نصيب الذين ينفذونها!

***

وقال: إنك تتحدّث عن دم يوزَّع بين القبائل، لا يستطيع أهله مُقاتَلةَ الدّنيا مجتمعة!

وقلت: لا قُلتِلْي ولا قُلتِلَّك!

وبقينا نُثرثر!

وتناثر باب الغرفةِ، ووجدتُهم فوق رأسي: رجالًا غلاظًا بملامح حادّة، وحركات عصبية، صرخوا: أما زلتَ نائمًا حتى الآن!!

وكان الأفق المثبّتُ بالنافذة رماديًا! والأضواء لم تزل مُشعّة! وصرخوا ثانية: نائم للآن! حتى اعتقدتُ أنني تماديتُ في النوم فعلًا، وأن النهار انقضى! وقبلتُ بهذا التفسير، فلا يعقل أن يكون ما جرى قد جرى في ليلة واحدة فقط!

وكنتُ أرتدي ملابسي أمام عيونهم؛ وخطرَ لي أن أسألهم عن موظف البريد وسائق التاكسي، إلّا أن الآخر دخل وحوله عددٌ من الرجال مثل من هم عندي! وكان يحاول تزرير قميصه الذي لبسه بصورة خاطئة، فدخل كل زرٍّ في عروة أخيه! ونظر إليّ محاولًا أن يفهمَ شيئًا، فلم يفهم!

وقالوا: إن إقامتكم في الفندق انتهت!

وطلبوا منّا أن نتقدَّمهم خارج الغرفة، الغرفة التي لم أعرف كيف دخلوها، وأنا لم أستطيع دخولها بمفتاح!

وقلنا: الحقائب!

قالوا: لا عليكم، الحقائب والجوازات سنحضرها لكم لاحقًا!

لاحتْ أمامنا مجموعة من السيارات السّوداء، الرّسمية، وكان أمامها عدد من الدّرّاجات النارية! ركبنا، لكن السيارات لم تتحرّك! فاكتشفنا بعد لحظات أننا لم نكن الوحيدين في الفندق، فقد هبط رجال ومعهم أشخاص مثلنا، استطعنا أن نعرف بعضهم. وانطلقتْ السيارات.

وفي الطريق مدَّ رجل يده بقطعة قماش سوداء لكلٍّ منّا، وطلب أن نُخفي عيوننا، فأخفيناها، وبعد نصف ساعةٍ من الصمت أو أكثر، قلتُ للآخر: أما زلتَ هنا؟!

ردَّ: وأين سأذهب، يعني!

وقلت: إن البقَّ أكلني هذه الليلة!

فقال: وأنا!

وسمعنا اصطكاكَ عجلات السيارة بالأرض فجأة، توقّفتْ، وصرخ الرّجل في المقعد الأمامي: بقّ؟!

وسمعنا باب السيارة يُفتح ثم يُغلق بعنفٍ، ثم عاد الرجل نفسه إلى مكانه، وبعد لحظات أحسسنا بالسيارات تستديرُ عائدة ، وظلّ الرّجل يهذي: بقّ! لقد قلتُ لهم، ليست هناك ضرورة لهذه التجربة!

***

وكنا نصعدُ درجاتٍ، ونحسُّ بأبواب إلكترونية تُفتَح، وأبواب غرف، وقالوا: معكم خمس دقائق فقط كي تستحمّوا!

ونزعوا قطعتي القماش السوداوين عن عيوننا، فإذا بالدنيا غيرْ شِكِلْ!

تدفق الماء غزيرًا ساخنًا، وكان الباب يُطرَق طَوال الوقت، ولم أكن أمضيتُ دقيقةً حين اندفع أحدهم، وأغلق الماء الساخن، وكان الصابون يغطي عينيَّ؛ وقادني عاريًا خارج الحمّام! وكنت أريد أن أبول أيضًا.

تفقّدني جيدًا وقال: الآن لا بقّ!

ودفع رجلٌ آخرُ (الآخَر) إلى الحمّام، وكانت عيناي تشتعلان بسبب رغوة الصابون. جفّفني الرّجل! وقال: ارتدِ ملابسَك.

***

وكنا نهرول فوق الأدراج، مثل صفيحتين، والدنيا ظلام، وهم يقودوننا، وسمعناهم يتحدّثون مع آخرين! ودفعونا داخل العربات، انطلق زامور الخطر! وطارتْ العربات خلف الدرّاجات، وفي الطريق سألتُ: أنتَ هنا؟! فقال: هنا!

وقلت: لقد استحممنا وهذا جيد، ولكن ألا يمكن أن يكون البقُّ داخل ملابسنا!

وسمعنا اصطكاك عجلات السيارة بالشارع، ارتجّتْ بعنف، وتوقّفتُ! سادتْ فوضى خلْفنا وانفتحتْ أبواقُ السيارات، وسمعنا الباب يُفتح، ثم يُغلق بقوة، وعادت السيارات!

***

نُزِعَتْ قطعُ القماش السّوداء عن أعيننا فإذا بنا في بهو هائل، وكنا نرتدي ملابس وطنية من تلك التي يرتديها سكان البلد! وكان المرافقون فرِحين بالفكرة التي لم يفكِّروا بها من قبل!

وفي القاعة الكبيرة جلسْنا، وكان هناك العشرات منا، العشرات الذين تصافحوا وفوجئوا بأنهم كلّهم هناك!

وسمعنا جلبةً، التفتْنا، (دخلَ)، اندفع لمصافحتنا، إلاّ أن أحدَ مرافقينا مالَ نحو أُذن كبير مساعديه، وهمَس، فهمس هذا في (أذنه)، فكفّ عن مصافحتنا! وحدّق في باطن يده وظهرها، فأحسست أننا حشرناه في زنقة! ثم ابتعد باتجاه الكرسيّ المخصص له! ومن هناك حيّانا بيده دون أن ينسى أحدًا، يده التي أكملتْ في حركتها نصفَ دائرة وهي تمسحُ الهواء، ثم جلس، فجلسْنا.

***

اعتذر لنا عن الطريقة التي وصلنا بها إلى هنا، وقال: أنتم تعرفون كم مرّة حاولوا قَتْلَنا! تعرفون أيها الأخوة حجم الهجمة الموجهة ضدّنا..!

وكان يفركُ يديه..

– ولكننا لم نكن ولن نكون من أولئك الذين يقبلون العيش عبيدًا، معاذ اللهّ!

وكان يفركُ يديه..

وقال: أُحيي فيكم الفِكرَ الذي لا تستطيع أمة أن تكون عظيمة إلّا به! أحييكم فردًا فردًا! فاعتدلَ أعضاء الوفود فردًا فردًا، ورفعوا الجباه، وكان ثمة فرد (برشوت) على جنبه!

وقال: أعرف كم هي قاسية تلك الليلة التي قضيتموها هنا، وبعضكم قضى ليلتين وربما ثلاثا، وهي ليال إذا ما قورنت بليالي شعبنا في العهد البائد، فإنها ستكون من ليالي الجنة!

وعاد يفرك يديه، بعد أن نسيهما على ما يبدو!

وقال: حدّقوا حولكم وتأمّلوا الآن ما أنتم فيه من نعيم، إنكم الآن في واحد من قصور شعبنا العظيم!

وقال: غدًا ستُبصرونَ بأم أعينكم المعجزة الكبرى التي حققناها!

وراح يفركُ يديه..

وانتصب أحد المدعوِّين، انتصبَ، وكان ذو طلعة بهيَّةٍ، قرأ قصيدة حول الإنجاز العظيم، ومهندسه الأعظم، وجلس!

وكان لما يزل يفرك يديه، حتى حين وقف وحيّانا، واختفى عابرًا الباب الذي دخل منه. واندفع مرافقونا نحونا وهم يُخرجون قطع القماش السوداء من جيوبهم ويناولوننا إياها، ثم يقودوننا خارجَ البهو!

***

وجدنا أنفسنا ثانية وجهًا لوجه مع رجل أبيض، واقف أمام الإنجاز الهادر بعد أن انتزعوا المِعْماةَ عن عينَي كل واحد منا، وتحدّث إلينا بالإنجليزية عن أهمية المشروع، وكان فخورًا لأن الإنجاز عالمي بكل معنى الكلمة! لأن أناسًا من شعوب كثيرة ساهمت في تشييده.

ثم تقدّم أحد المرافقين، وقدّم رجلًا مُهمًّا، احتلّ مكان الرجل الأبيض الناطق بالإنجليزية، فنطقَ بالعربية!

وقال: قد يكون بعضكم تساءل، لماذا لم يرَ واحدًا من أبناء هذا البلد يعمل في هذا الإنجاز؟! والحقيقة أن ذلك مقصود تمامًا، (لأنّه) أحبَّ أن يفاجئ شعبنا بهذه المأثرة الخالدة، ويقدمها هدية له في الذكرى المجيدة لعهد الحريّة!

وكانت عدسات الكاميرات تحفّ بنا.

***

ثم أعادوا لكلّ منا مِعْماتَه؛ وفتحنا أعيننا بعد زمن على ورق سميك في أيدينا، لم يكن سوى شهاداتِ تقدير لدوْرنا الكبير في إنجاح المهرجان!

وقالوا: إن المهرجان انتهى. ورأينا الآخرين يندفعون فوق الأدراج عائدين، والسيارات السوداء تنتظرهم، السيارات التي راحوا يختفون داخلها، وكنا سمعنا عن كثيرين اختفوا هنا!

وعندما قلنا: نريد تذكرةً، تذكرتين، لنعود. قالوا: تستطيعان الإقامة هنا في هذا الفندق، أنتما بالذات، إلى أيّ مدى تشاءان!

وقلنا: نريد تذكرتَي عودة فقط!

فقالوا: ستكون التذاكر جاهزة غدًا.

وفي الغد سألنا: هل التذاكر جاهزة؟!

فقالوا: أنتما مُصرَّانِ على السَّفر إذًا؟!

قلنا: آه!

فقالوا: خلاص. التّذاكر ستكون جاهزة!

واقتادونا إلى مكتب للطيران، فطلبتْ الموظفة الجميلة إلينا أن نجلس،

فجلسنا. وسألتْنا: إلى أين تريدان السفر؟!

فنظرنا الواحد منا إلى وجه صاحبه مستغربَيْن، وقلنا: نريد السفر للمكان الذي أتينا منه! فابتسمتْ، وتركتْ فترةَ صمتٍ باردة تمرُّ بيننا وبينها. ثم قالت: مستحيل!

وقال المُرافق: تستطيعان الإقامة هنا في الفندق إلى أيِّ مدى تشاءان!

قلنا: نريدُ أن نعود من حيث أتينا فقط!

هزَّتْ الموظفة رأسها بما يفيد أننا خيّبنا أملها، لأننا لم نفهمْها من المرّة الأولى!

وقالت: الاتفاقية الدّولية (بشأنكم) واضحة، أنتم (لا تستطيعون) العودةَ إلى أيّ مكان أتيتم منه!

وقال المرافق: اِسمعوا منّي، ابقوا هنا في الفندق! فندق خمس نجوم!

وكنتُ سأبتسم: ما هي رُتبة الفندق لو كان في الجيش؟! لواء، جنرال، عقيد... عقيد بالتأكيد؟!

وقلتُ للآخر: إن أبي كان يقول للقنصل: وطننا لا تريدونَ أن نعود إليه، فهمْنا هذه، ولكن اسمحوا لنا أن نعود، على الأقل، للمنفى الأقرب إليه!

وقالت: سأمنحكما فرصة للتّفكير.

وخُيِّل إليّ أنني رأيت هذا الوجه من قبل، ولكن شيئًا ما قد تغيّرَ فيه!

دارتْ حول الطاولة: اقتربتْ مني، وهمستْ، أنتَ بالذات لي معك كلام كثير! لأن ما فعلته معي لا يُغْتَفَر، أين (أخفيته)، آه، أين؟!

وصرختُ: أنتِ إذًا!

قالت: نعم أنا!

***

وقال لي: إن الرئيس بوش أُصيبَ بنوبة قلبية.

وقلتُ: الحمد لله أننا لم نُحِب غورباتشوف منذ البداية!

وقال: إن الرجل الناطق بالإنجليزية قطع زيارته ليطمئنَّ على الرئيس!

***

في المساء (رأيناه) على شاشة التلفزيون يقدم المفاجأة للشعب.

وكان يفرك يديه!

***

وقلتُ لموظفة الطيران: ماذا تقصدين بقولِك إننا لا نستطيع العودة إلى المكان الذي أتينا منه، إن أبي عاد!

قالت: نعرف ذلك! نعرف ذلك تمامًا! ولكن هل أنتَ متأكِّد من أن الرجل الذي عاد هو أبوك الذي رحل؟!

***

ورحنا نثرثر..

***

وقال أبي الذي عاد من جولته في المخيم: في البداية كان هناكَ عدو واضح تناطحه ويناطحك! الآن وزَّعوا عدوَّك على أعداء كثيرين لا تستطيع أن تحصيهم!

وبقينا نثرثر..

خرجْنا من فندق، ودخلنا في فندق، ورأينا الفتاة تريد إفهام

موظف الاستعلامات شيئًا؛ ولم يكن لبيبًا ليفهمَ بالإشارة! وكان قد استعاد كرة الصّوف، وأضيء العالم فجأة بشمس رطبة.

وحاولتُ أن أتبع الفتاة وأسألها، عن التذاكر، إلّا أنها اختفتْ!

***

قلت له: لقد وصلتْني رسالة، تقول لي فيها، إنها لم تُسقِط جنينَنا، وإنها الآن في الشهر الثامن! قالت: إنه ليس ابننا، إنه ابن لحظة أجمل منّا، ولذا فإن له الحقّ في الحياة.

وبقينا نثرثر..

وعبرْنا شوارعَ كثيرة؛ رأيتُ أمامي إحدى الحوامل، ركضتُ إليها، سألتُها أسئلة عن شارع أعرفه! فقالت: إنك في الشارع المطلوب! وضحكتْ، وضحكتُ، وأحسستُ بزهو لأنني أقف بجانبها! ورأيتُ امرأة أخرى ربما تكون في شهرها الثامن! وكانت تائهة، سألتْني عن مكان ما، فأشرتُ إليه، فشكرتْني، ولكنني قلت لها إنني سأوصلها إليه فطريقي طريقها، ومشيتُ معها طويلًا وكان الناس يحدّقون بي ويحسدونني! وكان الآخرُ يسير خلْفي مبتسمًا، مُفْسِحًا المجال لي كاملًا، لأن أزهو! وحين وصلتُ التّقاطع، حيث إشارات ضوئية عملاقة، وقفتُ أحدّق في الضوء الأحمر ساهمًا، وفجأة هبط البرتقالي وانزلق الأخضر، فمشيتُ؛ التفتُّ حولي، كانت هناك حركةُ هائلة، مئات النساء الحوامل اللواتي ينظرن إليّ بزهو، وغبتُ بينهن!

وبقينا نثرثر..

وقال لي: إنه يحبّها فعلًا، وإنها تُحبه، وإنها (معتَّرة) أكثر منه ومني، وإن ولده الذي أطلّ على الدنيا لم يكن بيد واحدة! كان بيدين اثنتين!

وكان يتحدّث عن الأمر كمفاجأة!

وبقينا نثرثر ..

وقال: لِمَ لا تكتب كلَّ هذا الكلام؟!

فقلتُ: وحدي أعرف الحقيقة كلّها، وحدك تعرف الحقيقة كلّها، فعن أيّ حقيقية منهما سأكتب، ولدى كلّ واحد من هؤلاء البشر الذين يعبرون الشارع حقيقته الخاصة به؟!

فقال: ربما يصلحُ هذا الكلام كرواية!

فقلتُ: إن روايتي الأولى كانت ستتسببُ في طلاقي، فعندما قرأها شقيق زوجتي على أبواب مراهقتهِ السّاذجة، ركضَ إلى أُمه وقال لها: يجب أن نُطَلِّقَ أختي منه!

فسألْته: لماذا؟!

فقال: لو كنتِ تعرفين القراءة لفهمتِ!

وعندما أصرّتْ أن تفهم، قال لها: إن هناك (سِكس) في روايته، وإن أخلاقه سافلة! وشخص كهذا قد (يلعب) على أُختي (ويعمل) إلْها إشي مش مليح. عيب يعني!

.. سارتْ أمه حتى باب الحوش، أَغلقتْه، فأحسّ بالخطر، ولكنّه لم يستطيع الإفلات من القباقيب التي ظلّتْ تنهال على رأسه حتى تمكّن أخيرًا من القفز عن السّور!

وبقينا نثرثر..

وكان هناك من يتبعنا..

وبقينا نثرثر..

وفجأة اندفعتْ دبابة خلْفَنا وأطْلَقَتْ علينا النارَ مباشرة..

وبقينا نثرثر..

وقال: إن لَمْ تكتبْها سأجد واحدًا يكتبها!

وبقينا نثرثر..

وقال: أقطع يدي لو كنتُ أفهم لماذا لم نزل نثرثر!

وصمتَ لحظةً ثم قال: لقد رأينا الكثير!

فقلت: نحنُ مجرد اثنين، 2 فقط.

وبقينا نثرثر..

وقلت: إن أُمي حامِل.

فصرخ: الحَجَّة؟!

قلت: آه.

وبقينا نثرثر..

16 - 17 / من ليل أيلول 1991

في الملهاة وجذورها

لَهَا بالشيء، لهوا: أولع به.

لَهَا، لِـهْيانا عن: إذا سلوتَ عنه وتركت ذكره وإذا غفلت عنه.

ولَـهَت المرأةُ إلى حديث المرأة: أنِست به وأعجبها.

قال تعالى (لاهية قلوبهم) أي متشاغلة عما يُدعَونَ إليه. وقال (وأنت عنه تلهّى) أي تتشاغل.

وتلاهوا: أي لها بعضهم ببعض.

ولهوت به: أحببته.

والإنسان اللاهي إلى الشيء: الذي لا يفارقه. وقال: لاهى الشيء أي داناه وقاربه. ولاهى الغلامُ الفطامَ إذا دنا منه.

واللُّهوْةُ واللُّهْيةُ: العَطِيَّة. وقيل: أفضل العطايا وأجزلها.

(لسان العرب)

إبراهيم نصرالله

مواليد عمّان، من أبوين فلسطينيين أُقتلعا من أرضهما عام 1948

- صـــدر له شعرًا (الطبعات الأولى):

الخيول على مشارف المدينة،1980. المطر في الداخل، 1982. الحوار الأخير
قبل مقتل العصفور بدقائق، 1984. نعمان يسترد لونه، 1984. أناشيد الصباح، 84
19. الفتى النهر والجنرال، 1987. عواصف القلب 1989 .حطب أخضر، 1991
. فضيحة الثعلب، 1993. الأعمال الشعرية- مجلد يضم تسعة دواوين،
1994.شرفات الخريف، 1996. كتاب الموت والموتى، 1997. بسم الأم والابن،
1999. مـرايا الملائكـة،2001. حجرة الناي، 2007.
لو أنني كنت مايسترو، 2009.
أحوال الجنرال، مختارات، 2011.
عودة الياسمين إلى أهله سالما، مختارات، 2011
على خيط نور.. هنا بين ليلين 2012

* الروايـــات: (الطبعات الأولى):

براري الحُمّى، 1985 . الأمواج البرية، 1988 .عَـــوْ، 1990 . مجرد 2 فقط،
1992. حارس المدينة الضائعة، 1998.
الملهاة الفلســطينية (الطبعات الأولى):
(كل رواية مستقلة تماما عن الأخرى)
طيور الحذر، 1996، طفل الممحاة، 2000، زيتون الشوارع، 2002، أعراس
آمنة، تحت شمس الضحى، 2004،
زمن الخيول البيضاء، 2007- اللائحة القصيرة لجائزة البوكر العربية، 2009.
قناديل ملك الجليل، 2012
أما ترتيبها من حيث تناولها للتسلسل الزمني للقضية الفلسطينية:
قناديل ملك الجليل، زمن الخيول البيضاء، طفل الممحاة، طيور الحذر، زيتون
الشوارع، أعراس آمنة، تحت شمس الضحى....

الشـــرفات: (الطبعات الأولى):
(كل رواية مستقلة عن الأخرى)
شرفة الهذيان، 2005. شرفة رجل الثلج، 2009. شرفة العار، 2010، شرفة الهاوية 2013

* كـــتب أُخرى (الطبعات الأولى):

هزائم المنتصرين - السينما بين حرية الإبداع ومنطق السوق، 2000
ديـواني - شعر أحمد حلمي عبد الباقي. إعداد وتقديم، 2002
السيرة الطائرة: أقل من عدو، أكثر من صديق، 2006
صور الوجود ـ السينما تتأمل 2008

* ترجم عدد من أعماله الروائية إلى

الإنجليزية، الإيطالية، الدنمركية، التركية، ونشرت مختارات من قصائده بالإنجليزية، الإيطالية، الفرنسية، الألمانية، الإسبانية، السويدية...
* أقام أربعة معارض فوتوغرافية وشارك في معرض (كتّاب يرسمون) لثلاثة كتّاب (فاروق وادي، جمال ناجي، إبراهيم نصر الله)- عمان، 1993 .
* عضو لجنة تحكيم في عدد من الجوائز الأدبية والمهرجانات السينمائية.

* نال سبع جوائز عن أعماله الشعرية والروائية من بينها:

جائزة القدس للثقافة والإبداع (الدّوْرة الأولى) 2012.
جائزة سلـطان العـويس للشـعر العربي، 1998.
جائزة تيسير سبول للرواية، 1994.
جائزة عرار للشعر، 1991.